RAIVA

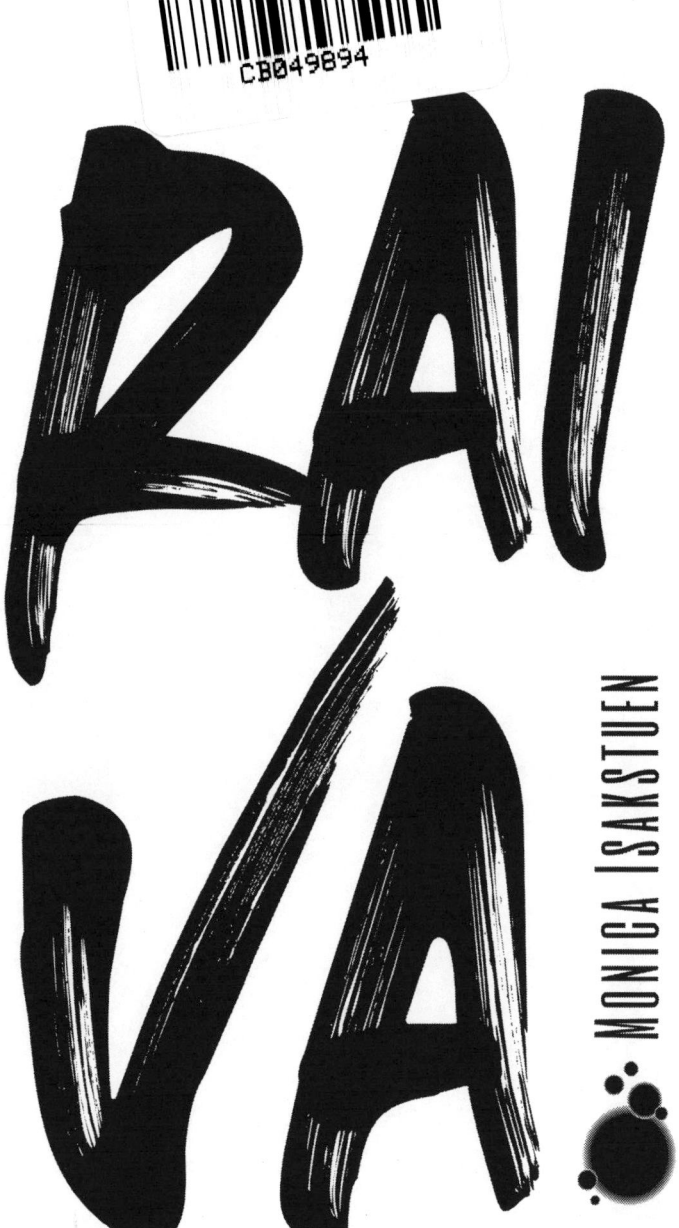

MONICA ISAKSTUEN

© Monica Isakstuen
First published by Pelikanen Forlag, 2018.
Published in agreement with Oslo Literary Agency and Vikings of Brazil Agência Literária Ltda.

Esta tradução foi publicada com o apoio de NORLA.

Grafia atualizada segundo o Acordo Ortográfico da Língua Portuguesa de 1990, que entrou em vigor no Brasil em 2009.

NORLA
Norwegian
Literature
Abroad

Edição: Felipe Damorim e Leonardo Garzaro
Tradução: Leonardo Pinto Silva
Arte: Vinicius Oliveira
Diagramação: Ana Helena Oliveira
Revisão: Ana Helena Oliveira e Helena Trevisan
Preparação: Leonardo Garzaro

Conselho editorial: Felipe Damorim, Leonardo Garzaro, Lígia Garzaro, Ana Helena Oliveira e Vinicius Oliveira

Catalogação na publicação
Elaborada por Bibliotecária Janaina Ramos – CRB-8/9166

I74

    Isakstuen, Monica

    Raiva / Monica Isakstuen; Tradução de Leonardo Pinto Silva – Santo André - SP: Rua do Sabão, 2021.

        Título original: Raze
        220 p.; 14 X 21 cm
        ISBN 978-65-89218-03-6

    1. Literatura norueguesa. I. Isakstuen, Monica. II. Silva, Leonardo Pinto (Tradução). III. Título.

                                                          CDD 839.82

Índice para catálogo sistemático
I. Literatura norueguesa

Todos os direitos desta edição reservados à Editora Rua do Sabão
Rua da Fonte, 275, sala 62 B, 09040-270 — Santo André — SP

🌐 www.editoraruadosabao.com.br
Ⓕ /editoraruadosabao
Ⓘ /editoraruadosabao
▶ /editoraruadosabao
Ⓟ /editorarua
Ⓧ /edit_ruadosabao

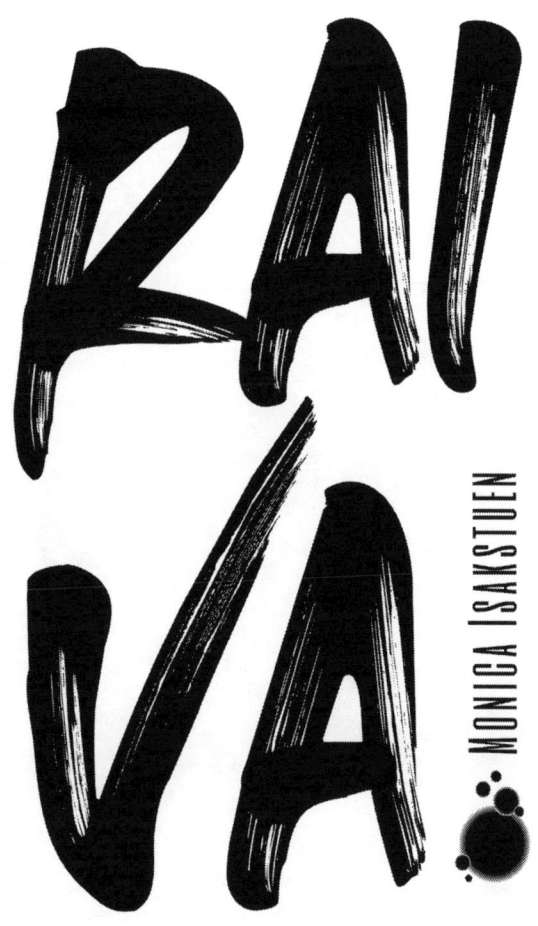

Traduzido do norueguês por
Leonardo Pinto Silva

Quanta ternura e cuidado não é preciso para manter a união em toda a família! E, finalmente, tudo isso não devem ser virtudes, mas sim gostos, sem o que a espécie humana dentro em breve seria destruída[1].

Jean-Jacques Rousseau,
Emílio, ou da educação.

---

1 Tradução do francês por Sérgio Milliet, Difel, 1979.

Tinha ido comprar pouquíssima coisa, leite, presunto, pão, suco, macarrão, detergente, mel. Cheguei ao caixa e a fila estava enorme, uma certa irritação transparecia nas pessoas, era natural que eu também deixasse escapar um suspiro ou um muxoxo. Mas pensei cá comigo: De que adianta numa situação dessas? Eu sou lá de ficar batendo o pé e revirando os olhos, bufando na nuca dos outros como uma pessoa incivilizada? A garota do caixa tentava equilibrar o telefone entre o ombro e a bochecha, Alô, alguém pode ajudar aqui, a fila está enorme, enquanto as compras iam se acumulando diante dela. Já vão mandar alguém, anunciou ela assim, aos quatro ventos. Logo atrás de mim, uma mulher contrariada se perguntou em voz alta, será que vão nos deixar aqui o dia inteiro? Foi quando um rapaz de cabelos escuros se esgueirou por trás da gôndola dos chicletes e ocupou o primeiro lugar diante do caixa número dois. Num piscar de olhos, apanhei a cestinha de compras e corri para a esteira vazia. Ah é? indignou-se a mulher imediatamente atrás de mim. Agora é aqui que você vai ficar? Me virei na direção dela. Como? Era mais baixa e magra do que eu, não havia por que ter medo. Estou só me perguntando, ela disse apontando para a outra fila, porque você estava bem ali. Ela ia mesmo fazer questão por causa disso? Simplesmente lhe dei as costas, mas antes reparei de relance no que ela levava na cestinha, refrigerante, pão, comida pronta e outras coisas nada saudáveis. Fui colocando minhas compras na esteira enquanto ela me encarava indignada. Agi rápido, queria pôr um fim àquilo o quanto antes. Nesse instante ela deixou cair a cestinha no chão, bem em cima do meu pé. Ei! eu disse, cuidado onde você larga as suas coisas! Desculpe? disse ela com uma voz alta e roufenha, o que você quer dizer? e logo me arrependi, era justamente isso que ela queria, bater boca. Tudo bem, tudo bem, eu disse, não tem problema. Ela me fuzilava com o olhar. Duas sacolas, por favor, pedi ao rapaz que segurava a caixa de leite na mão, o scanner apitando. Ele devolveu o leite à esteira em movimento e continuou seu trabalho. A meu lado, ela voltou a abrir a boca para me provocar, você é essa pessoa tão charmosa e simpática, que cumprimenta todo mundo que encontra pela frente com um sorriso na boca mas no fundo trata os outros tão mal. Procurei o olhar do jovem caixa, queria que ele interviesse, dissesse que ela não podia falar assim com os clientes do supermercado, mas ele não fez nada, não disse nada. Ela estava mesmo furiosa. Lembre-se de que você é mais jovem e mais veloz, repeti para mim mesma. Finalmente, consegui pagar e me apressei para o fim da esteira para pôr as compras nas sacolas, enquanto tentava angariar algum tipo de solidariedade entre os demais clientes do supermercado. Uma mulher até revirou os olhos e sorriu para mim, como quem entregasse os pontos. Naturalmente, a outra não se deu por vencida, agora que era sua vez na fila, Me diga, continuou ela, é assim que você costuma tratar as pessoas? É assim que você se comporta na frente dos seus filhos? Apontei para o meu pé. Doeu, murmurei. Desculpe? disse ela, Não escutei. Você deixou cair a cestinha no meu pé, eu disse, e doeu muito. Foi mesmo, ela disse. E você faz alguma ideia da dor que EU estou sentindo? Ela apontou para as pernas, acho que era algo nas articulações, não compreendi direito, será que ela tinha alguma doença e não me dei conta? Me desculpe, eu disse. Muito bem, disse ela. Melhor assim. Obrigada. Fiz um meneio de cabeça. Senti um ódio daquela mulher, ódio, ódio. Mais uma vez, olhei em volta tentando fazer contato com as pessoas no local. Será que não viam o vexame a que eu estava sendo submetida? Aquela mulher era louca, uma estúpida, e eu a vítima inocente do dia. Será que não havia um pingo de solidariedade naquele supermercado de merda? Saí pela porta espumando de raiva, ela não podia ficar impune assim, comportando-se daquele modo arrogante e hostil. Aposto que jamais mudaria, sempre se comportaria dessa maneira e pronto. Quanto mais ela reclamava, mais irritada ficava. A raiva que se apossava dela era irracional, despropositada e incontrolável.

De repente, senti uma vertigem. Tive de pôr as sacolas de compras no chão e me agachar no meio do estacionamento, e ali fiquei, de olhos fechados, tentando recobrar o fôlego. Carros entraram, motocicletas deram a partida e saíram, gaivotas gritaram, um helicóptero cruzou o céu, concentre-se, concentre-se, respire — respire, uma ambulância uivou ao longe, ou seria uma viatura da polícia, melhor ainda, já podiam me levar embora de uma vez. Eu me rendo. Tudo bem com você? perguntou uma voz. Sacudi a cabeça. Quer que eu ligue para alguém? Não, obrigada.

Suponha que eu estivesse errada. Imagine se eu estivesse no lugar dela. Imagine se lá dentro as pessoas perceberam outra coisa, pense na cena tendo múltiplas interpretações, imagine se eu fosse tal como ela disse. Simpática apenas quando convém, intolerante com quem quer que se intrometa no meu caminho ou contrarie minha vontade. Como é mesmo que eu tratava as pessoas? Como é que eu me comportava em relação aos meus filhos? Que espécie de ser humano eu era, afinal?

É tão fácil a pessoa dizer a si mesma assim que acorda: Hoje não vou fumar, não vou me aborrecer, caminharei com passos mais graciosos, não comerei nem açúcar nem gordura, hoje vou estampar um sorriso no rosto, distribuir docinhos a quem encontrar pela frente, desejar bom dia a estranhos, só para variar, hoje vou me concentrar no trabalho e ser uma boa amante, uma dona de casa que arruma os armários, passa aspirador na casa, paga os boletos, uma mãe zelosa que cuida direito dos filhos, põe cada um no colo depois do jantar e pergunta como foi o dia. Como foi. O que você fez. Com quem brincou. Para onde foi. Foi legal. Comeu o que no almoço. Passearam no parquinho. EI! Não está ouvindo que estou falando contigo?!

É muito fácil a pessoa dizer a si mesma quando vai se deitar: Amanhã serei mais paciente. Mais calma e compreensiva. Não vou me aborrecer se as coisas não saírem do jeito que eu quero.

Confidenciei ao médico que acordei irritada e fui dormir irritada, aos prantos. Parece que perdi o controle de tudo, eu disse. Tudo que achava que sabia sobre mim mesma se desmanchou. Se... des... man... chou... repetiu o médico, batucando no teclado e espiando a tela. Quantos filhos você tem, qual a idade deles? perguntou ele. Três filhos, vão fazer quatro e oito, eu disse. Muito bem. E o terceiro? perguntou ele ainda de olho na tela. Não, eu disse, os meninos vão fazer quatro, a mais velha tem oito. Ele empurrou a cadeira para longe da mesa e veio rolando na minha direção, em câmera lenta. E você ainda acha estranho estar esgotada? perguntou. Eu sei o que você vai dizer agora, eu disse, que é normal eu me sentir um pouco cansada e sem forças com filhos pequenos, especialmente se forem gêmeos, mas não é isso. Como assim? perguntou ele. É uma escuridão, eu disse. Imprevisível, que só aumenta. Você pensa em morrer? perguntou o médico. Fiz que sim com a cabeça. Por exemplo, de câncer ou num incêndio, expliquei. Mas não me suicidando. Sou covarde demais para isso. Ele me encarou por um bom tempo e lentamente rolou a cadeira de volta para frente da tela. Acho que precisamos avaliar se você está deprimida, disse ele chamando a secretária para avisar que esta paciente provavelmente levará mais tempo que o previsto.

Digamos que fosse possível reverter a coisa toda. Que eu poderia esbarrar em você de novo, na rua ou num almoço ou numa festa, tarde da noite, num jardim. Sim. Um jardim facilitaria as coisas. Neste caso eu me aproximaria de você assim, por exemplo, segurando uma taça de vinho e vindo ficar a seu lado, para ver exatamente o que você estivesse vendo, uma figueira, e quando você erguesse o rosto e olhasse para mim não vislumbraria mais nenhum traço de dúvida, e só então eu perguntaria, calma e amistosamente, se não era incrível que uma planta exuberante como aquela desse flores e frutos nessa parte fria do globo, e quando você respondesse, provavelmente mencionando como as mudanças climáticas permitem que plantas tropicais sobrevivam onde havia antes um clima polar, afinal de contas, é preciso tirar algum proveito da nossa ruína, eu continuaria. Estava esperando por você, eu diria. E seria uma mulher totalmente nova, irresistível. Venha comigo, eu diria. Estou sozinha em casa esses dias. Você sorriria para mim e me pediria para esperar só um instante. Então apanharia seu casaco e se despediria discretamente dos anfitriões. Lá fora nós abriríamos cada um uma porta e entraríamos no táxi. E dali em diante tudo poderia recomeçar do zero.

Mas como é que se sabe que algo começa? Existem instantes precisos que delimitam o tempo e o dividem em dois, um antes e um depois? O segundo em que vim ao mundo. A primeira vez que alguém me pegou no colo. A noite em que matei um sapo. A primeira vez que alguém me disse que eu era linda. A manhã em que me olhei no espelho e me dei conta de que tinha um par de seios. A noite em que minha filha nasceu. O dia em que você e eu nos conhecemos. Os óvulos que se desprenderam. O leite que escorreu do peito. A primeira vez que descobri um cabelo branco. A primeira vez que eu briguei com meu filho. A primeira vez que bati nele.

Não, espere. Por que estou dizendo isso, que bati no meu filho? Por que preciso saber como é dizer isso, por que preciso sentir como é dizer algo assim no passado, como se de fato tivesse acontecido? Veja bem, não espanquei meu filho. Bati com uma toalha ainda úmida do banho, e mesmo assim errei. Não esmaguei os dedos dele na porta, eles estão inteiros. Inchados, mas inteiros.

A primeira vez que me deitei a seu lado comecei a chorar como nunca havia chorado, nem antes, nem depois. Chorei porque não te conheci antes, chorei por causa da minha idade, da sua idade, porque nós dois vivíamos nossas vidinhas imperfeitas sem saber da existência um do outro, chorei pelos anos que jamais teremos juntos, chorei porque você existiu sem mim, aquela pessoa que tinha medo de ficar com você. Do que você tem medo para ficar comigo? você perguntou segurando meu rosto com suas mãos. Não sei, eu disse. Seja um pouco mais específica, você disse. Tenho medo de perder isso, eu digo. Isso que sou agora, no começo, que a bondade que há em mim desapareça. Por que desapareceria? você disse.

Eu não bati no meu filho. Existe uma diferença entre dar uma toalhada em alguém e bater. Fique quieto, eu tinha dito a ele, várias vezes, feche já esses olhos, eu também disse, já está tarde. Você precisa dormir. Agora. Mesmo assim, ele se levantou. Mesmo assim, veio até a porta. Eu já tinha dado a ele várias chances, dou a eles chances demais, agora a mamãe foi boazinha, eu disse, agora vocês precisam ser bonzinhos de volta. Nós todos precisamos. Então: Sejam bonzinhos. Tá bom, mamãe, eles disseram. Sim, sim, sim. Sim. Mas não adianta dizer sim o tempo inteiro, é preciso agir. É preciso demonstrar QUE VOCÊ ESCUTOU. Os adultos, por sua vez, precisam ser claros sobre o que separa uma conduta aceitável de uma inaceitável, é preciso deixar bem nítido onde está o limite. É claro que eu não pretendia necessariamente ameaçar com consequências. Só queria deixar bem claro que neste caso você foi longe demais, amiguinho, agora você já aprontou bastante, agora chega. Mamãe está apenas muito cansada de tudo isso, afinal, mamãe também é gente.

Por que eu pego tão pesado. Por que fico tão brava. Por que acontece uma coisa, depois outra, depois mais outra, e a situação desanda. Queria ser gentil, segura, tranquila. Alimentar, acalentar, trocar, passar, entreter, banhar, abraçar, pentear, deitar, fechar a porta do quarto. De onde vem a minha voz alterada e os movimentos, palpitações, esforços, arrastos, puxões, empurrões, levantamentos, arremessos, esmagamentos, ameaças, gritos, berros — não pense, aguente firme, vença a resistência, faça — não pense. Quais reações latentes existem no meu corpo? Quem terá me programado, e como faço para escapar disso?

Tenho tanto medo das minhas mãos.

Você precisa parar agora mesmo com essa eterna chantagem, você diz. Crianças não são bonequinhas de porcelana, conseguem lidar com o fato de que a vida não se resume a brincar e sorrir. Não se pode sair por aí tocando gaita e distribuindo sorrisos o tempo todo para poupar os outros de emoções negativas, como é que eles vão aprender a lidar com suas próprias turbulências emocionais quando chegar a hora? Não, não é crime derramar uma lágrima aqui e ali ou sentir alguma frustração.

Alguma frustração. Você não vê que eles tremem de medo quando me veem entrar no quarto? Não percebe que não demorará para aqueles corpos imaturos se acostumarem a esses rompantes de raiva: Isso, aquilo e aquilo outro talvez não tenham sido um acidente ou um ponto fora da curva afinal, é só esperar para ver, tudo voltará a acontecer, eles terão que se adaptar, cuidado com os dedinhos, deitem quietinhos, fechem os olhos, não irritem a mamãe.

Sendo absolutamente sincera sobre o que aconteceu: Foi um dia longo e uma noite cansativa, e ele não queria ir para a cama. Já tinha lhe dado várias chances, mesmo assim ele saltava para fora da cama. Eu. Não. Quero. Dormir. E lá estava ele no meio da sala, de punhos cerrados e olhar desafiador, dizendo não para tudo que eu pedia que fizesse, até que finalmente eu disse que não queria mais saber, vá para outro lugar, você está dando um péssimo exemplo para seu irmão, não quero você aqui. Pois ele marchou para fora da sala e eu fechei a porta logo em seguida. Não, não foi bem assim. Não fechei porque a porta não queria se fechar, por que não, eu empurrei, pressionei a porta com o corpo, de onde vinha aquela resistência, seria algo no chão? uma meia ou um brinquedo? por que a merda da porta não se fechava por mais que eu a empurrasse, o que estava acontecendo, por que ele estava gritando, o que foi? eu berrei, O QUE FOI AGORA! e só então eu vi, por que não me dei conta logo, por que não percebi, por que não pensei nessa possibilidade, eram os dedos dele presos na fresta da porta e eu pressionando, continuando a empurrar a porta mesmo sabendo que ele estava ali e ouvindo seus gritos, por que minha cabeça funcionava tão devagar, por que os neurônios não comandaram a mão que ainda segurava com força a maçaneta, SOLTE! gritei eu, MAMÃE! berrou ele e meus dedos finalmente relaxaram e seguraram os dele, azulados, roxos, marrons, ele recolheu a mão, ainda aos berros, cada vez mais altos e desesperados, ele nunca pararia se não o interrompesse, RESPIRE! eu gritei, você precisa respirar!

Depois, sentei no chão ao lado da cama dele e o acariciei na testa, ele ainda soluçando, resistindo a cair no sono. Pobrezinho do meu menino.

Eu não parava de acariciá-lo. A testa, o cabelo, a testa, o cabelo, a bochecha, o cabelo, a bochecha, a testa. Então suas pálpebras foram cedendo, meus lábios pousaram na pequena depressão no alto do nariz, naquele ponto macio bem no meio dos olhos.

Você diz agora relaxe. Diz que as crianças são duras na queda. Diz que eu sou essa pessoa que se culpa por tudo. Diz que preciso parar de ser tão cruel comigo mesma. Diz que não posso reagir assim diante de cada mínimo problema. Diz que essas coisas acontecem. Diz que eu não tinha como saber que ele colocaria os dedos bem ali, naquele exato momento. Eu digo que não, não teria como saber, mas olhe para mim assim mesmo. Imagine que lá no fundo eu não seja uma pessoa boa. Suponhamos que a mulher do supermercado tenha razão, que eu seja mesmo uma pessoa exaltada, descontrolada. Digamos que meus filhos tenham herdado essa característica. Que tipo de pessoa eu sou afinal? Você abaixa a escotilha da estufa com cuidado e corre os dedos sujos de terra e fertilizante pelo cabelo, e diz: Não tenho resposta para isso.

Afinal existem tantas versões de mim mesma que já não sei mais o que pensar. Fui eu quem fez xixi no obstetra. Sou eu quem descasca as batatas. Sou eu quem ainda te beija de vez em quando. Era eu quem tocava violino, partituras breves e exigentes, eu quem me curvava e recebia os aplausos. Sou eu quem lava as roupas, separando as cores, as brancas à parte. Sou eu quem cantarola uma música enquanto isso. Fui eu que aprendi a esmagar caracóis no jardim com os dedos dos pés. Fui eu quem disse aos meus pais que os amava. Sou eu quem lê em voz alta para os meus filhos, fecho o livro e peço para que fiquem quietos, senão vou parar de ler agora mesmo. Eu quem tomava conta da minha irmã e abri a porta do sótão depois de ela chorar tanto a ponto de não parecer fingimento, eu que me senti bem ao consolá-la. Era eu quem adorava animais. Sou eu quem para o carro e abre as portas e solta os cintos de segurança e ameaça ir embora para bem longe dos meus filhos. Sou eu quem fica no meio da cozinha ralhando com eles, quem os sacode nos braços, quem rola por cima deles no chão, sou eu quem sente tanta raiva. Não costumava sentir tanta raiva.

Venham aqui, eu digo, agora é hora do jantar, sentem aqui quietinhos, querem que eu passe o quê na fatia de pão? Nada diz um e não estou com fome diz o outro e manteiga diz a terceira. Todos precisam comer e todos vão comer pão com alguma coisa, eu digo. Um, dois, três — o que vai ser? Queijo, requeijão, patê de fígado, geleia, presunto, manteiga, eles falam todos ao mesmo tempo, um de cada vez, eu digo. E manteiga só não pode. Sua chata, ela diz. Manteiga só não pode, repito calmamente. Então vão ser duas fatias com queijo, duas com requeijão e duas com presunto. Não! ela grita. Sim, eu digo. Corto as fatias e tiro as coisas da geladeira, besunto as fatias de pão e conto. Duas fatias, cinco, seis. Chata, chata, chata, diz ela e logo se forma um coro, mamãe é chata, mamãe é chata, mamãe é chata. CHEGA! digo eu sorrindo pacientemente, distribuindo os pratos na mesa diante deles, os copos de plástico e a caixa de leite, chega, eu repito. Agora vamos comer. Quem vai querer leite? Eu! diz o primeiro e eu! diz o segundo e refrigerante! diz a terceira, hoje não pode, eu digo, é terça-feira, ninguém vai beber refrigerante. Você quer leite ou água? Ela me olha carrancuda. Então vai ser leite, determino. Encho os três copos e relaxo as costas na cadeira, agora está tudo bem. Então me lembro do café na bancada atrás de mim. Afasto a cadeira, me levanto, dou as costas a eles e despejo o líquido escuro e fumegante numa caneca, beberico um gole, volto a me sentar e arrasto a cadeira de volta. Reparo na poça branca espalhada sobre a mesa inteira e no copo que ela derrubou. O que você está fazendo? eu digo. Em três segundos eu viro as costas e você me apronta isso!? Ela cruza os braços. Eu não queria leite, ela diz. E então você acha que tudo bem fazer uma coisa dessas? eu digo. O rosto dela está vermelho, os irmãos estão calados, ainda mastigando, e olham para mim, um deles esboça um sorriso provocador. É sempre assim! eu grito. Você sempre tem que fazer birra se não consegue as coisas exatamente do seu jeito! Você não sabe de nada, balbucia ela. Você é muito chata. Os irmãos assentem com a cabeça. Isso é muita falta de educação! eu digo em voz alta, que história é essa de se comportar assim e dar esse mau exemplo para seus irmãos. Saia! Suba já para o seu quarto — JÁ.

Só de ouvir minha própria voz naquele tom eu tomei um susto. Quem fala desse jeito? De onde vinha aquilo? Agora chega! Agora você vai deixar disso. Não aguento mais, está ouvindo? Está ouvindo!? Sua birrenta de merda! eu perco a paciência e xingo. Então ela se cala. Um fio de leite escorria pela bochecha dela e descia por trás da orelha. Minhas palavras ecoaram pela cozinha, um eco antigo, do qual eu já nem me lembrava.

Usar a força contra ela era algo que nunca faria. Esse era o limite. Será que ela poderia ser boazinha e dormir? Para eu conseguir descansar um pouco. Me sentir menos exaurida. Será que poderia ser boazinha e não chorar tanto e tão alto, comer direitinho, sem recusar tudo que lhe ofereço, não morda meus mamilos — porra!

Não, não vou dizer que não sacudi ela, não dessa forma, não foi nada brusco nem violento, que fosse ter repercussões ou causar sequelas.

Mas na manhã de uma quarta-feira qualquer estava eu com uma criança no colo e outra puxando a barra do meu casaco e outra que se recusava a calçar as botas de inverno, ela queria ficar de sandálias, então saia, eu digo, vá até o jardim e sinta como está frio e escorregadio, mas ela apenas fica ali parada me encarando, desafiadora. Não. Não está frio. Então me viro e ponho o outro no chão, ao lado do terceiro, pois vou me concentrar em vocês dois agora, eu digo. Vamos vestir as roupas de vocês, tudo bem, pode ser? Não. Eles também não querem. Meus lindinhos, eu digo, por favor ajudem a mamãe um pouquinho? Eles abanam a cabeça. Pois muito bem, eu digo e atiro casacos, cachecóis e gorros sobre eles, os corpinhos quase desaparecem debaixo das camadas de lã e náilon, pois agora vocês que se virem, eu estou por aqui com vocês! Mamãe! grita ela atrás de mim, você não pode bater! Foi isso. Foi a gota d'água. Eu me volto contra ela, o que você disse? pergunto já fora de mim. Estou aqui tentando tirar três crianças de dentro de casa de manhã sem ajuda de ninguém, nem mesmo sua que é a mais velha, e de repente você vem falar em bater? Qual é o seu problema, afinal? Eles se machucaram, diz ela apontando para os dois montes de roupa atrás de mim. Machucaram!? Com essas roupas macias? De repente avanço contra ela, agarro seu braço com força, agora estou DE SACO CHEIO, eu digo, estou farta de você me desafiando o tempo inteiro e se recusando a ajudar, será que não consegue se comportar como uma criança normal? NÃO CONSEGUE?! Não, ela diz, e então eu lhe dou um safanão, agora chega, digo eu, CHEGA. BASTA. ACABOU. Finalmente ela se aquieta, finalmente todos estão quietos.

Mais tarde lá estão eles correndo e brincando em volta de mim novamente, três corpos que vão, que querem, que desejam, que precisam, que cantam, que contam, que choram, que riem, e cá estou eu, no meio da cozinha, segurando uma enorme concha numa mão e uma panela com água fervente na outra e psiu! eu ameaço, vocês não veem que estou preparando a comida, não percebem que estou COZINHANDO? mas eles não me dão atenção e não escutam e não param e o que a coitada de mim pode fazer nessa situação, não suporto mais uma coisa dessas! eu grito, por favor! vão brincar noutro lugar! eu esbravejo, mas como não me dão ouvidos eu sapateio no chão e vou atrás deles brandindo a concha na mão, PAREM COM ISSO! SAIAM DAQUI! VOCÊS SÃO UNS DEMÔNIOS! SAIAM DAQUI, ESTOU DIZENDO!

O sangue pulsa nas têmporas, o coração acelera, as orelhas ardem, sinto um vazio no estômago e um aperto no peito, bocejo, mas não consigo recuperar o fôlego, o corpo não pensa, o corpo apenas é, as mãos não fazem sentido, as mãos apenas fazem. Fazem, fazem, fazem. Um corpo pequeno e outro muito maior no chão. Mas então, de repente, a sua voz ressoa no vão da porta atrás de nós, opa, você diz, o que está acontecendo aqui? Não faço ideia, respondo ofegante e liberto o pequeno ser debaixo de mim, ele se recusa a limpar a bagunça que faz, ele nunca faz o que eu peço, ninguém nesta casa me obedece mais, o que eu posso fazer, não sei o que fazer. Papai, choraminga ele. Fique quieto, eu digo. Agora é seu pai quem vai resolver isso. E me levanto, sem olhar para ele, sem olhar para você, isso não pode continuar assim, você diz, não, não pode, eu concordo, pois então trate de fazer com que ele obedeça! Saio dali e bato a porta com força.

Mas todo mundo já foi um pontinho inocente, até eu. Um pontinho, não fui levada pelo fluxo da descarga no vaso sanitário, não escorreguei pela perna de ninguém, não tive esse azar nem fui uma criança indesejada. Cresci. Uma bolinha visível na barriga da minha mãe. Nasci prematura de cinco meses. Era um pacotinho, uma boca que apenas sugava, eu era muito boazinha quando pequena. Encantadora. Sorria para estranhos, gargalhava com a boca desdentada. Dormia debaixo da mesa, dormia no carro, na praia, era tão quietinha, podiam me levar aonde quer que fosse. Era uma criança querida e comportada. Três quilos de pura fofura, dez quilos, vinte, continuava sendo alguém que mamãe queria abraçar, cheirar e beijar. Tão irresistivelmente frágil, impossível de não ser adorada.

O primeiro deslizou para fora de mim e mais parecia o miolo de uma ostra. Escorreu pelas coxas, pelas pernas, rolou pelas panturrilhas, uma massa amorfa que caiu entre os meus pés e dava a impressão de estar derretendo no carpete que forrava até as paredes da residência estudantil.

Por quê? Você não queria ter filhos? Não gosta de crianças? Não está preparada para ser mãe? Acha que é eticamente defensável pensar assim, esquivando-se daquilo que não lhe agrada —

alheando-se, achando mesmo que uma criança nunca vem a calhar, de verdade? Não fica com a consciência pesada? Não pensa na criança? Que nunca nasceu? Que idade ela teria agora, dois anos, cinco anos, dezenove. Talvez para você aquilo nem devia ser uma criança, não é? Não sabia que os pés e mãos e dedos surgem na décima semana, não reparou direito depois que deu descarga e vestiu as calças novamente e se pôs de pé de novo se dizendo inocente?

A número dois foi desejada, essa é a diferença entre rolar sobre um carpete que recobre o chão e as paredes e vir ao mundo. Eu quis tê-la. Cheguei a querer até o pai dela. Mas depois não quis mais. Depois, num instante, éramos apenas ela e eu. Ela tinha um cheiro próprio, nem lembro mais como era, lembrava vagamente pepino em salmoura. Tinha um calor próprio, uma barriguinha quente, a pele macia, as bochechas, as mãozinhas. Eu tinha tempo de sobra. Quando o pai vinha apanhá-la, ficava enfiando meu rosto nas camisas e suéteres tamanho PP, Boa noite, eu desejava aos edredons, ursinhos, paninhos, travesseiros e fronhas amontoados num cantinho do berço. Quando ela voltava, eu tentava retomar a normalidade da vida, sem sucesso, ela sempre me desconcertava. Mamãe por que você está olhando assim para mim. Mamãe pare de rir. Mamãe me solte. Mamãe você está me sufocando, não estou conseguindo respirar.

No fim acabamos nos acostumando a tudo, no fim tudo acaba melhorando. No fim aprendemos a lidar com elas, ausência e presença. Semanas com, semanas sem. No fim nem lamentamos mais nem sentimos mais a falta ou contamos os dias ou continuamos a sofrer com a consciência pesada. Tudo se ajeita. Existem coisas piores para se preocupar do que com uma criança que vem e vai. No fim os pensamentos incômodos e os cenários de terror em potencial decantam nos abismos do corpo e desaparecem, há espaço para tanta coisa, há espaço para tudo. Levante bem os pés, não pise na lama, bata as pernas ao nadar. E, acima de tudo, não sinta essa inadequação diante do mundo.

Pare de brincar com a comida, eu digo a ela, coma direitinho. Ou por acaso essa refeição não está boa o bastante para você? Prove a carne pelo menos. Aqui nesta casa nós comemos de tudo, e aqui nesta casa ficamos sentados até todos terminarem de comer, aqui é assim. Aqui nesta casa. Não se lembra do que dizemos quando saímos da mesa? Pode levar seus talheres e seu prato e colocá-los na pia? Seja boazinha e responda quando eu lhe pedir algo. ALÔ! Não está ouvindo que estou falando com você? É assim que você se comporta quando está na casa do seu pai?

É essa a mãe que eu quero ser?

Você achava que os reinos vegetal e animal eram equivalentes. Você enfiava os dedos nos canteiros e dizia que eu precisava parar de me preocupar com ervas daninhas que só existiam na minha cabeça.

Estávamos visitando amigos. O suco vermelho escorreu em cascata pela mesa, a cadeira, o vestido dela, e pingou num tapete de lã caríssimo que decorava o chão recém-encerado de um luxuoso chalé em estilo suíço, DESCULPE! diz ela se enrodilhando toda, mas querida, diz minha amiga, é apenas suco, relaxe meu amor. DESCULPE! repete minha filha, foi sem querer, o choro está vindo, ela olha para mim, suas bochechas coram. Minha amiga lhe dá um abraço e acaricia seus cabelos, não chore, menina, não vá ficar triste por causa disso! Aqui em casa a gente sempre acaba sujando alguma coisa, um pouco de suco não é nada demais! Não, eu digo, um pouco de suco não é nada demais, não é, meu anjinho? Ela olha para mim. Foi sem querer, sussurra. Eu sorrio. Claro que foi sem querer, eu digo, todo mundo sabe que foi.

Por que ela me encara assim, por que eles estão tão quietos, não queria que ficassem quietos desse jeito, sentados com o olhar assustado, não queria que reagissem dessa maneira.

O médico me entregou uma lista de psicólogos que atendiam pelo seguro social e estavam localizados num raio de vinte quilômetros de casa. Os quinze primeiros que atenderam o telefone não tinham horário disponível para os próximos meses. O décimo terceiro da lista disse num tom de voz muito negativo que não gostava de ser chamado de psicólogo, psicólogo era um termo demasiado vago, ele achava, e na verdade não estava aceitando novos pacientes, embora infelizmente fosse obrigado a isso, até mencionou que estava para fechar o consultório, embora faltassem dez anos para se aposentar. Faltam dez anos, eu disse. Sim. Ele explicou que a terapia era algo que consumia muito tempo. O tratamento exigiria muito de mim, eu que ficasse logo avisada, com ele não era isso de ficar ali sentadinha na cadeira toda semana, não, com ele não era nada disso. Ele não fazia a menor fé em terapias cognitivo-comportamentais. Autoajuda e mindfulness, desdenhou. Não, seu método exigia concentração, imersão e comprometimento. Duas vezes por semana pelo tempo que fosse necessário. Eu teria que me comprometer durante um semestre inteiro, a mesma hora a cada sessão, às terças e quintas. Se eventualmente quisesse entrar em contato em qualquer outro horário era bom ficar logo sabendo que seria impossível. Qualquer tentativa seria inútil. Em relação às sessões e horários, enfatizou ele, era uma questão de fechar os olhos e abrir espaço para o que viesse, sonhos ou resquícios do cotidiano, como ele chamava, fragmentos de pensamentos aleatórios ou qualquer ideia que me ocorresse, ele me disse para me imaginar num vagão de trem e, enquanto a paisagem lá fora passava acelerada pela janela, tentar elaborar e verbalizar para ele o que eu experimentava durante aquela viagem. Ele disse que o método exigia muita paciência, alguns passavam dois anos com ele, outros, dez anos, e mesmo assim não era possível afirmar que o processo teria chegado ao fim. Ele disse que poderia levar muito tempo até que algo se mexesse lá dentro, lá no fundo. Se é que algo se mexeria lá no fundo. Na verdade, o não-psicólogo deu vários indícios de que preferia nem ter tido aquela conversa comigo.

Vai ser bom para você, você disse, poder falar da vida com outra pessoa além de mim. E eu não disse um palavrão diante daquela reação tão tipicamente sua, não lhe disse para parar com aquela merda de ser tão carinhoso e compreensivo e paciente, não disse que achava que você sentia dó de mim, que detestava a maneira civilizada e calma com que você conseguia confrontar meu eu impulsivo, não bufei nem revirei os olhos, acho que nem mesmo esfreguei o dedo na sua cara quando você virou a cabeça e se abaixou para calçar os sapatos, eu disse, obrigada, amor, não custa tentar.

Durante todos aqueles anos eu era insaciável, imortal. Saía de bicicleta pela cidade abarrotada de gente, à noite, às vezes na garupa de um garoto, às vezes não. Tropeçando pelos becos, revirando quintais, desabando às gargalhadas na cama de estranhos. Será que me lembrei de agradecer à vida por ela ainda estar fluindo em mim quando acordava? Será que alguma vez toquei aquela pele macia, minha ou deles que fosse, sem achar que era algo tão natural? Alguma vez me ocorreu que aquele tempo que gastei esfregando coxas e braços, depilando as pernas com cuidado, observando uma gota d'água que escorria pela parede seria roubado de mim? Apartamentos, amantes, empregos, lugares. Tudo vinha aos borbotões, todas as possibilidades estavam abertas. Gold in them hills.

Não, mas não é assim! Os fragmentos da memória enganam. Não era essa a sensação, nem em Quioto, nem em Berlim, nem em Helsinque. Nem em Paris. Olhe bem, preste atenção. Lá estou eu deitada na cama chorando, no décimo-terceiro andar com varanda e vista para a cidade, uma quitinete que aluguei por quatro meses porque sim, porque nada nem ninguém irá me impedir, porque ouso fazer qualquer coisa quando bem entender. Me transformar numa francesa, por exemplo. Pedir um café de manhã, numa língua cada vez menos estranha, até a senhora atrás do balcão ser capaz de saber o que quero de antemão e empurrar mais um croissant na minha direção. Embrulhado num saquinho de papel marrom. À la maison, Mademoiselle. Me tornar uma outra pessoa. Mas o coração batia tão intenso e ameaçador à noite, eu não sonho, eu afundo no lençol e no colchão, atravesso o estrado de metal, o carpete sintético, as tábuas do assoalho, as vigas de concreto, os andares inferiores, afundando, afundando, afundando sem parar, na escuridão, e quando o corpo estremece com a queda, quando acordo porque gritei ou vice-versa, quando tudo faz sentido e acho que vou morrer, não sei o que me dá mais medo, o som do meu próprio grito ou esta conclusão: Ninguém precisa de mim amanhã, ninguém sentirá minha falta por muito tempo.

Jamais nascerá algum ser humano parecido comigo.

Como alguém se torna mãe? Como é que se treina? Quantas chances se têm? Como o corpo se adapta aos desafios, em que medida a alma se adequa ao papel? O que diz a voz, o que fazem as mãos? Os pensamentos e as reações e as ações, seriam instintivos ou é possível divisar seus contornos a todo instante? A maternidade é um caminho que se trilha ou uma loucura que se herda, impossível de prever ou controlar? No primeiro manual que li estava escrito: Imagine a maternidade como uma casa. Qual seu tamanho, é escura ou iluminada, tem muitas ou poucas janelas, de que cores são os quartos? Como é o ambiente? Que cheiro tem? Com qual mobília você a decoraria, quais tecidos usaria nas cortinas? Os objetos estão brilhando de tão limpos? Os quartos são frios ou quentes? Que tipo de sensação lhe ocorre assim que abre a porta? Você se sente segura? E talvez o mais importante: Se não gostar, existe a possibilidade de se mudar dela?

Bem. Esta casa sobreviveu à primeira e à segunda guerras mundiais. A quatro gerações e às intempéries. A lista do que já destruímos, por sua vez, cresce em ritmo acelerado: O xixi das crianças no chão acarpetado do banheiro, as marcas das unhas da gata pelas cortinas, o linóleo estufado sob nossos pés, os chumaços de cabelo que entopem os ralos enferrujados, as manchas de gordura no teto da cozinha, os respingos de molho de tomate nas paredes, as marcas de dedos nos corrimões e maçanetas e caixilhos e armários e gavetas, cúpulas de abajures se desfazendo, lâmpadas que nunca são trocadas, compridos fios de poeira pelos cantos, rachaduras nos peitoris das janelas porque pessoas se sentam onde não devem, nossos odores. Sardinha em molho de tomate, doce de leite, iogurte, batatas fritas, fezes.

Lembra de quando passamos de carro aqui em frente, num dia de primavera, quando esses quartos ainda não eram nossos? Estacionamos um pouco adiante na rua e nos esgueiramos entre a sebe e o poste. Tire uma foto! eu disse e saí correndo pelo gramado em direção às paredes grossas, parece um forte, lembro-me de ter pensado, e tive vontade de abraçar a construção, colocá-la no colo ou talvez me apoderar dela. Pronto? Sim! Pernas e braços e rosto rente à parede, esticada como um inseto gigante numa massa de sete metros de granito branco polido, como se viesse voando em alta velocidade e, sem enxergar direito, me estatelasse ali e ficasse grudada na parede.

Parado diante da garagem, o vizinho me observa em silêncio. Eu o observo de volta. Algum problema? pergunto a ele. Vejo sua boca se mexer, mas não ouço o que diz. O que foi? Ele olha de um lado para o outro, atravessa a rua com as costas encurvadas e caminha com dificuldade sobre o cascalho até estancar diante da janela aberta. Inclino o corpo para fora. Sim? Não quero parecer rude, diz ele tossindo. Seu corpo cansado se estremece inteiro, eu o espero se recompor. Não quero dar a impressão de que sou de me intrometer na vida alheia, prossegue ele, só quero saber se está tudo bem com a senhora. Se está tudo bem comigo? eu digo. Ele assente. Nós não somos casados, eu respondo. Minha jovem, ele diz. Eu a vi ontem à noite, vi o que você fez. O que eu fiz? quero saber. Ficou sentada ali na escada aos prantos, diz ele apontando. Passou um bom tempo ali, no escuro. Para começar estou resfriada, eu digo. E depois não estava escuro. Está tudo bem comigo. Mas obrigada por perguntar mesmo assim. O velho me encara em silêncio, dá meia-volta e se vai pela mesma trilha de cascalho por onde veio. Fico parada na janela assistindo, o ar frio faz arder minhas bochechas, quantos anos ele tem, quantos ainda lhe restam, quanto lhe custa fazer contato daquela maneira? Ao chegar ao portão ele se vira. Peço mil desculpas, ele repete. Não queria me intrometer, de verdade. Mas às vezes tenho a impressão de que existe uma guerra dentro dessa casa.

O tempo passa, cinco anos, dez milhões. Pó que paira no ar e se precipita, placas tectônicas que se movimentam, tempo que passa, tempo que acelera, oceano que se acidifica, oceano que seca, temperaturas que sobem, espécies que morrem, rocha que se rasga. Galáxias que se alongam, universo que se expande, planetas que giram, estrelas que vagam pela infinita escuridão, Sol que projeta tempestades de fogo mortais, buracos negros que absorvem o tempo e a luz, humanidade que dura cinco minutos, num centésimo de segundo me torno mãe, mas de que modo?

Foi assim: O não-psicólogo me recebe na sala de espera, deixa que eu passe pela porta primeiro, espera que eu tire a jaqueta e aponta para a poltrona de couro localizada bem à sua frente. Por favor, sente-se. Eu me sento e fecho os olhos e falo, sempre com a sensação de que não tenho nada a dizer. O que vejo na minha viagem de trem, que seja, de verdade, digno de registro. Chafurdo desesperadamente as lembranças de infância e adolescência e, na falta de traumas, reviro os fragmentos que consigo encontrar, só posso ser a paciente mais entediante que ele jamais teve, rememoro coisas da época em que eu tinha catorze anos e calhei de passar uma noite sendo baby-sitter de dois irmãos na vizinhança, um menino e uma menina. Não me lembro qual deles era o mais novo, de dois anos. Não me lembro se estavam dormindo quando cheguei. Não me lembro se lhes troquei as fraldas ou coloquei pijamas, não me lembro se lhes contei histórias de ninar nem se choraram. Não me lembro sequer se chegaram a abrir a boca nem de suas feições, não me lembro o que porventura disseram ou fizeram, tampouco como me comportei na presença deles. Lembro-me dos bolinhos de queijo, do refrigerante de limão, de uns trinta canais de TV, de uma nota de cinquenta quando a dona da casa voltou. Lembro-me de que ela disse que não precisaria mais da minha ajuda, não me lembro por quê.

Nessas ocasiões ele me pergunta se havia sonhado com algo desde a última sessão, e invento um sonho que se encaixa na narrativa.

Não quero falar da minha mãe. Não quero falar do meu pai. Não quero dizer eu me lembro. Não quero vir aqui arrastando lembranças ou memórias sentimentais, não quero ir atrás de palavras simbólicas ou decisivas que já esqueci. Não quero cavoucar a paisagem enevoada do passado atrás de chaves para o presente. Não quero encontrar relações entre o antes e o agora e me eximir de responsabilidades. Não quero dizer que me sinto como se repetisse um padrão do qual não tenho uma perspectiva abrangente, um movimento do qual não faço ideia de como termina. Não quero dizer que minha mãe talvez fosse um pouco impulsiva e, possivelmente, a mãe dela também fosse e todas as avós e filhas muito provavelmente tenham sido sorteadas nessa loteria e desenvolveram esse temperamento no passado, ou venham a desenvolvê-lo em algum momento no futuro. Não quero dizer que às vezes sinto que minhas reações são premeditadas. Não quero dizer que deve haver uma maldição que me aflige e da qual gostaria tanto de me ver livre, não quero revirar a infância em busca de explicações para tudo. Quero dizer: Me dê um tom de voz mais suave, me deixe tocar meus filhos com mãos carinhosas. Por favor, me ajude.

A vagina é um elevador, repete a mulher no CD de ioga, eu como de costume avanço para a próxima faixa e pulo o restante. A vagina é um elevador, ensina ela, respire e tracione o períneo — para cima — para o alto, respire e agora desça — desça — até o chão.

Sabia que uma garota deve pôr debaixo do travesseiro sete tipos de flores silvestres se quiser saber com quem irá encontrar a felicidade? Sabia que beber um litro de água morna com limão de barriga vazia de manhã ajuda a queimar a gordura do corpo e expelir substâncias tóxicas, e dessa maneira poderá perder até quatro quilos em quatro semanas? Sabia que investir em cinquenta apoios de solo todas as noites lhe deixará com os seios mais firmes? Sabia que não deveria mais depilar as pernas com lâmina de barbear, mas puxar cada fio com uma pinça, para evitar que os pelos renasçam mais grossos e pretos? Sabia que o jejum pode ser um hábito saudável, que tudo depende de como é feito? Sabia que é bom esfregar a sola dos pés com pedra-pomes ao menos duas vezes por semana para evitar fungos e calosidades? Mas se usar a mesma pedra em outras partes do corpo, por exemplo, nos seios e nas axilas, sua pele ficará irritada e poderá até sangrar? Sabia que em vinte anos seu rosto irá revelar a maneira como você se alimenta, toma sol, ingere líquidos e dorme? Sabia que pode evitar a sudorese nas axilas se, durante quarenta dias, umedecê-las com álcool puro todas as noites antes de dormir? Sabia que existem mais de quinhentos exercícios diferentes para fortalecer o assoalho pélvico? Sabia que as pessoas são aquilo que pensam, aparentam ser aquilo que comem, são percebidas pela maneira como se vestem, se tornam aquilo que fazem, são amadas por aqueles que amam e recebem aquilo que merecem?

Chega disso. Encontrei uma pedra solta. Absolutamente por acaso, estava na verdade procurando uma bola que as crianças haviam perdido. Me embrenhei atrás das roseiras e de repente topei em algo pontiagudo, a ponta de uma pedra que estava para se soltar da parede, AI! e QUE INFERNO! e MERDA DE PEDRA! resmunguei, MERDA DE CASA! Porque é assim que as coisas são. Se a meia ficar presa numa lasca de madeira na porta, eu xingo a casa. Se o desodorante cair do armário do banheiro, eu xingo a casa. Se sinto frio, xingo a casa. Se sai pouca água da torneira da cozinha, xingo a casa. Mas então descobri essa tal pedra. Que está se desprendendo. E, é claro, está diretamente ligada às pedras em volta. Não foi no final da década de mil novecentos e setenta que a mureta que dava para o nascente desabou? Que uma pedra se soltou e depois veio a outra e o muro inteiro ruiu e veio abaixo e ficou em escombros no chão? Logo, se essa pedra que encontrei agora ceder, deslizar e sair dali — sim, se for removida de seu lugar cuidadosamente planejado no muro, a construção inteira desmoronará, como numa demolição, resultando num barulho ensurdecedor e inevitável, um estrondo seguido de um deslizamento que desencadeará outros ainda maiores. E, repare, ali está assentada a casa inteira, ali estamos nós.

Hoje de manhã também encontrei dois fios de cabelo grisalhos. Bem rente ao couro cabeludo lá estavam eles, hirtos como se vivessem uma vida própria ou, melhor dizendo, morressem sua própria morte na minha cabeça.

Mas a cabeleireira disse que tenho sorte. Que poderia ser pior e a solução é simples. Simpatia de comadre, segredou ela remexendo minhas madeixas com o pente e os dedos até encontrá-los e pinçar os fios, rígidos e grossos como pelos de porco, entre o polegar e o indicador: Você dá fim a esses danadinhos com um pincel atômico de tinta permanente.

Eu não conto que ando sonhando com gatos. O sonho em si não é algo tão estranho, talvez, já que sempre gostei de gatos, o problema é a quantidade. No sonho tenho vinte deles, grandes e pequenos, de pelo curto e longo, que são abandonados na porta de casa por um sujeito com pernas musculosas de bicicleta, não me lembro se encomendei ou paguei por eles, apenas sorrio e agradeço. Que belo presente, penso, vinte gatos. Saudáveis e fofinhos. Agora são todos meus. O entregador me faz um sinal com o polegar erguido e sai pedalando. Assim que ele se vai fecho a porta e entro em pânico. Uma multidão de gatos, por que fui inventar aquilo. Vinte bichos manhosos e temperamentais, e não tenho sequer um banheiro que possam usar. Não vai demorar para enfiarem as garras nas cortinas, todos eles, investirem contra o carpete e começarem a escalar as paredes, PSSSST! eu protesto, desçam já aqui e saiam já daí, mas eles se limitam a rosnar de volta. Então procuro amansar a voz, vem cá bichano, vem cá bichano, e ofereço a eles peixe, um montão de peixe, leite, não tenho ideia de onde vem tanta comida, mas eles devoram tudo sem sequer olhar para mim ou roçar nas minhas pernas, depois vão cagar nas prateleiras das estantes e debaixo da cama e no armário da cozinha, em seguida fazem a higiene lambendo seus traseiros peludos e vêm me lamber no rosto com suas línguas ásperas e lhes dou carinho e abraços, em quantidades infinitas. Digo a eles que são lindos, bato palmas e os acaricio dando o melhor de mim, mas não entendo por que começam a perder tanto pelo que fica espalhado por toda parte e arranham tudo que podem, por que de repente passam a destruir tudo de novo e a guinchar e rosnar, por que precisam fazer as necessidades debaixo do chuveiro ou nas gavetas abertas da cômoda, o que há de errado com eles. No instante seguinte estou sentada na sala de espera da veterinária e ela me pergunta se tenho certeza do que quero. Digo que sim, claro, sou uma pessoa que ama os animais, já tentei de tudo. São eles ou eu. Você quer estar junto quando eu aplicar as injeções ou prefere se despedir aqui fora, pergunta ela com seu olhar mais pesaroso. Respondo que prefiro me despedir aqui fora. Mas como eles se chamam mesmo? Não me lembro. Adeus, gatinhos, me despeço num sussurro. Então dou as costas e me vou, com a sensação de alívio no corpo. Não é ruim.

Muito bem. E o que você acha disso tudo, pergunta o não-psicólogo. Abro os olhos e o encaro. Francamente, eu digo. Agora é sua vez. O que você acha disso tudo. Bem, ele diz cruzando uma perna sobre a outra. Bem. Ele me fita durante um bom tempo. Quando enfim abre a boca sua fala é lenta e muito articulada. Acho que esse remorso que você sente em relação aos seus filhos é algo que precisamos examinar com mais atenção, diz. PARE! eu grito e de súbito me vejo agarrando minha bolsa e a arremessando na parede, ela ricocheteia e cai no chão, diante dos nossos pés. O ruído de um carro dando a partida lá fora. O não-psicólogo olha para minhas chaves, a carteira, o batom, os lenços umedecidos e tampões e recibos, a escova de cabelos, chiclete e um antigo controle remoto, todo o conteúdo que se espalhou pelo chão. Então se inclina para frente. Sem pressa e em absoluto silêncio, passa a recolher os objetos e colocá-los de volta na bolsa. Você não sabe absolutamente de nada! eu digo, você não sabe nada do que eu sinto, não sabe nada do que eu faço! Pode pegar, diz ele levantando-se pausadamente segurando minha bolsa nas mãos, nossa sessão terminou.

Você me pergunta se não é uma bobagem desistir tão cedo. Respondo que estou com ele já faz três meses e não vejo por que ficar ali naquela sala minúscula e abafada espremendo histórias do nada. Mas se você se arrepender, você diz, terá que passar por tudo de novo e voltar para o fim da fila, que garantia terá de encontrar um interlocutor qualificado da próxima vez? Como você sabe se ele é ou não qualificado, eu pergunto, e por que todo mundo está falando de remorso, o que pensam de mim afinal, acham que não sou capaz de sustentar minhas escolhas?

Não estava à procura de ninguém, era para sermos só eu e ela, mãe e filha, pelo menos isso eu deveria ser capaz de fazer. Descobrir as coisas por conta própria, sobreviver alguns anos sem um amante. Mas então percebi algo no seu olhar, um lampejo, você revirou as estantes de livros na biblioteca e disse que não conseguia encontrar a seção que procurava sozinho. Gosto de imaginá--lo assim, como alguém que logo que me viu pensou é ela. Gosto de me imaginar dessa maneira, como a escolhida. Sim, foi essa a nossa história, foi assim que ela começou, não foi? Você explicou que mexia com plantas, passava o dia ao relento com as mãos enfiadas na terra, e por isso eram mãos tão escuras, não porque não as lavasse, como fez questão de me dizer. Olhei para elas, grossas e ásperas, como seria o toque delas nos meus seios? Você estava escrevendo um artigo sobre a árvore mais antiga do mundo, as pessoas querem ser tapeadas, você disse, as pessoas vão para a loja de plantas mais próxima e pagam um bom dinheiro pelo que acreditam ser a descendente de uma árvore de duzentos e setenta milhões de anos. Mas, veja bem, a Ginkgo biloba original não existe mais! Espécies selvagens de um passado remoto da terra há muito foram extintas, a única coisa que nos restou são variedades ornamentais domesticadas, as chamadas queridinhas dos decoradores. Você torceu o nariz. As pessoas merecem saber a diferença antes de irem sacando a carteira, você disse. Florestas nativas são uma coisa, plantações são outra completamente diferente. Enquanto ia falando, você mordiscava uma maçã verde que atirou no lixo do caixa automático ao sair. Bem no cesto onde estava escrito "papel", pena que você não prestou mais atenção. Mas você nem reparou, e se eu o tivesse alertado teria sido muito constrangedor, ou não? Catei o bagaço pelo talo e o descartei no "lixo comum", as marcas dos seus dentes na polpa da fruta estavam começando a amarronzar. Mais tarde daquele mesmo dia pesquisei no Google jardineiro + inclinação sexual assim, ao acaso.

Uma voz no interfone. Passos pela escada, um corpo no vão da porta. Lá está você. Me entregando um jarrinho de trevos, explicando que floresciam várias vezes ao ano se ficassem num lugar ensolarado. Obrigada, eu digo, e entre, pode pendurar o casaco ali, não repare na bagunça, não costumo arrumar a casa quando ela fica com o pai, e agora ela está com o pai, só para você saber, somos só nós duas em casa, você conseguiu encontrar o que procurava no livro que retirou na biblioteca? Minha voz parece ter vida própria à medida que me encaminho para a cozinha, cale a boca, digo para mim mesma, não o assuste, não estrague esse momento. Aliás, preparei uma comidinha, falo bem alto, mas você está no vão da porta bem atrás de mim, você sorri, nós rimos. Concentre-se, digo para mim mesma, acalme--se, você dá a impressão de estar em pânico, em mania. Quando você contou que era jardineiro achei logo que fosse gay, digo, deixando cair o escorredor e espalhando o macarrão cozido pelo chão. Essa não! você diz, me deixe te ajudar. Puta merda! digo para mim mesma, quer dizer, digo para você, enquanto nos agachamos e tentamos salvar o que é possível de ser salvo, isto é, só quis dizer que não conheço nenhum homem que trabalha com plantas, exceto aqueles que aparecem na TV e costumam ser gays, por isso pensei. Você ri novamente. Meu Deus, me desculpe, digo. Você pode muito bem ser gay e ter vindo aqui assim mesmo. Você acha? você pergunta, nós nos entreolhamos. Minhas bochechas coram, o calor se espalha pelo corpo, entre as pernas. Você está a fim de comer isso, mesmo que eu não tenha passado um pano nesse chão desde que nos mudamos para cá? digo enquanto me ponho de pé e tento evitar que o molho grude na panela. Não tem problema, você diz. Mas desculpe por essa coisa do gay e tudo mais, não sei o que acontece comigo quando resolvo dizer essas bobagens, é como se minhas cordas vocais tivessem vontade própria, sinto muito, e além disso não sou preconceituosa nem nada disso, só para você saber, eu digo. Relaxe, você diz. Você não é a primeira que associa minha profissão à orientação sexual, a gente precisa se acostumar com tantas celebridades de jardinagem que aparecem na TV. Você não é a primeira, você não é a primeira, você não é a primeira, minhas orelhas ardem e coçam, tive ganas de estapeá-las, todas as mulheres antes de mim, eu odeio vocês! digo para mim mesma, o jantar está servido! eu anuncio, por favor, se sirva.

Lembra da primeira vez que vocês se viram? A reação dela foi espontânea: Jogou-se do trepa-trepa e veio correndo pelo cascalho na sua direção, como se você fosse alguém conhecido. Depois se pendurou nos seus braços e, traindo uma certa timidez no rosto, um instante de hesitação diante daquela ousadia, abriu um sorriso. Que menina forte e bacana! disse você ao erguê-la acima da cabeça. Ela riu, o rostinho sujo de areia e lama. Era novembro, vocês irradiavam alegria pelo parquinho inteiro. A gente percebe que vocês vão se dar muito bem, eu comentei.

Eu também me dei muito bem com você. Não estava acostumada a conversar com alguém daquela maneira. Você sabia falar de qualquer assunto e como eu adorava isso, história presidencial dos EUA, vencedores do prêmio Nobel, cinema expressionista alemão, ecolocalização dos morcegos, cronologia da botânica. Eu respondia contando dos livros que tinha lido, do dia de trabalho ou de tédio, de conflitos pessoais, de séries de TV que acompanhava, sonhos que sonhava, e você dizia que adorava tudo aquilo. Você não ia embora da sala no meio de uma frase, eu não me dispersava enquanto você falava, você não abanava a cabeça, eu não ficava chateada quando você me contradizia, você não pedia para eu me acalmar, eu não ficava zangada, nós não começávamos a brigar, não éramos interrompidos durante a briga por alguém que queria isso ou precisava daquilo ou tinha que fazer aquilo outro. Parece que nós antevimos que aquela troca de palavras nesse período inicial nos deu um alicerce, para que depois pudéssemos manter um certo nível e deliberar sobre técnicas de alimentação, rotinas de dormir, óleo ou não na água da banheira, possível discriminação de crianças biológicas e não-biológicas, sabão em pó antialérgico, tipos de fraldas, comida apimentada, desmame, hora de tirar a chupeta, dormir na mesma cama, plantões noturnos. Era isso mesmo que queríamos para nós? Até que ponto nossos valores eram comuns, eternos e inabaláveis?

Precisamos derrubar a parede entre a sala e a cozinha, eu disse. E o seu quarto, quero dizer, o nosso, deve ser o dela agora, para que ela não durma bem diante da corrente que sopra da porta da frente. Não passa corrente por aqui, você disse, num prédio que tem apenas cinco anos de construção. Para você não, eu disse, mas você não estará em casa do mesmo modo como nós estaremos, com gripe e catapora e viroses comuns, você não perambula pela casa vestindo apenas pijama de algodão e meias nos pés às seis da manhã sob um vento congelante. Agora você está exagerando um pouco, você disse. Mas perceba, eu disse. O ar passa debaixo da porta aqui, e vem direto da escada, imagine como será no inverno, você sabe como o vento frio penetra nas roupas de baixo dos pequenos, nós adultos nem percebemos direito. Uma porta reforçada e novas janelas fariam toda diferença. E um assoalho de pinho na sala de estar, tábuas quentinhas sob nossos pés. Claro. É só um apartamento, você disse. Vamos mudar o que for preciso para que você se sinta bem. Quero dizer vocês, nós como família. Falando nisso, eu disse. De minha parte não precisamos mais esperar tanto, agora que iremos morar juntos e tudo mais. Esperar o quê? perguntou você. Filhos, eu respondi. Mas você já tem uma filha, você disse. Mas não com você, eu disse.

O não-psicólogo diz que ficou feliz por eu ter retomado o contato. O não-psicólogo me diz para não ficar remoendo o que aconteceu. O não-psicólogo diz que reações extremas são completamente normais e garantiu que está bem preparado para lidar com episódios de violência psíquica e até física. O não-psicólogo diz que não devo me ater à expressão violência física. O não-psicólogo diz que sou bem-vinda de volta se esse for o meu desejo. Vamos apenas traçar algumas diretrizes. Objetos pesados serão colocados na sala de espera. Nos vemos amanhã.

Você ouve risadas na sua casa?

Como assim?

Crianças têm por hábito rir pelo menos cinquenta vezes por dia.

Você já prestou atenção na risada dos seus filhos?

Se ouço quando meus filhos riem?

Sim?

Claro que ouço quando riem. Só não fico contando. Deveria?

Não estou dizendo que você deve fazer nada.

Cinquenta vezes?

Não se atenha ao número.

Depois do jantar acho que deveríamos vestir uma roupa de festa, eu digo. Você ergue os olhos do prato. Roupa de festa? Eu balanço a cabeça decididamente. Sim? Não seria divertido? Você olha para mim. Eu bato palmas, ninguém reage, as crianças continuam a espetar pedaços do peixe frito com o garfo e a tentar capturar o macarrão que sempre escorrega. OIÊ! Eu volto a bater as palmas das mãos. Finalmente olham na minha direção, os três. Tive uma ideia, eu digo inclinando o corpo na cadeira. Os dois caçulas também se inclinam para frente. Quero fazer cocô, diz um. Então vá para o banheiro, eu digo. Ele desliza da cadeira, atravessa a cozinha e sai pelo corredor. Deixe a porta aberta para a gente escutar quando você terminar! eu grito. Digo para os outros dois: Vamos tirar umas roupas velhas do sótão e brincar bastante, vai ser muito divertido! Que vocês acham? Quero fazer cocô, diz o outro. Falando sério, vocês não podem ir ao banheiro antes de começarmos a comer, pergunto em tom de bronca. Mas eu quero fazer cocô AGORA, diz ele. Está bem eu digo, então vá para o banheiro — lá em cima. Mamãe, você está com raiva? ele diz. Meu Deus, NÃO! eu respondo. Vá logo para o banheiro e termine o serviço para a gente continuar. Ele faz que sim com a cabeça e desaparece subindo as escadas. Continuar o que mesmo? pergunta minha filha. A C O N V E R S A, eu digo. Ela leva o copo de água à boca. Opa. Você sorri olhando para o prato. Sim, sim, você fica aí rindo. Estou apenas dando uma sugestão de fazermos algo legal e divertido juntos, tento justificar, mas não é uma tarefa fácil especialmente se metade da família deixa o ambiente e vai cagar assim que abro a boca. Mamãe, diz a minha filha. Não precisa ficar zangada comigo porque — EI. Eu não estou zangada. Só queria — Só achei que — Mamãe! o grito ecoa pelo corredor. Já terminei! Você arrasta a cadeira e sai na direção de onde veio o som. Voltamos a conversar numa próxima vida, você diz.

Mamãe! grita o outro no andar de cima. Vem me limpar! Sua vez, diz minha filha.

Olha aqui, segure essa foto, foi você quem tirou. Ela e eu, sentadas no convés, vento e sol nos cabelos, eu lhe dando um abraço apertado. Nós parecemos felizes, faz calor, sorrimos para a câmera, eu pareço apaixonada, eu estava apaixonada. Com uma criança no colo me sentindo forte e segura, não havia em mim espaço para dúvidas, eu era só generosidade. E foi exatamente isso que você enxergou e imortalizou. Essa alegria, essa simplicidade. Tempo, espaço, paciência. Quem sabe você tenha me escolhido exatamente por causa disso, por causa da maneira como eu abraçava aquela criaturinha, meus braços e seios e mãos, eu respirando no cabelo dela, toda a tranquilidade que havia em mim.

Agora ela entra na cozinha com fones de ouvido amarelo-berrantes que mal lhe cabem no rosto, que ganhou num festival de música quando tinha dois anos e ainda costumava montar nos meus ombros. O que é o almoço hoje, ela pergunta. Aponto para os fones. Pode tirar isso, não vou falar para ouvidos moucos. Os irmãos dela estão sentados no chão montando um quebra-cabeças, você não sabe brincar, diz um deles, NÃO! grita o outro, SIM, grita o primeiro e arranca as peças da mão do outro, parem! grito eu, vocês não podem ficar aqui brigando por essa bobagem. CHATO-BOBO! provoca um deles, NÃO! reage o outro. O que vamos comer? repete ela. Eu me abaixo e afasto o alto-falante da sua orelha, tire isso se quiser falar comigo, repito em voz baixa. Mas você está me ouvindo, retruca ela, ainda com os fones no lugar. Eu abano a cabeça. SACO! ela grita e sacode teimosamente a cabeça, faz tanto BARULHO aqui, não suporto isso!

Deus criou o mar, o céu, as estrelas, as nuvens e as galáxias mais remotas, Deus criou samambaias e cerejeiras, terra e relva, regatos e rios, ovelhas e burros, corvos e antílopes, e poderia continuar nessa toada indefinidamente — mas Deus Me livre! disse Deus — chega de tédio, preciso criar algo que me adore, que possa testemunhar e admirar as coisas incríveis que sou capaz de fazer, o Ente fantástico que sou, preciso criar alguém idêntico a Mim, que imite Meus gestos e tenha um rosto parecido ao Meu. E Deus criou o ser humano à Sua imagem e semelhança e, se não achou necessariamente bom, pelo menos serviu para perceber que era amado. Deus estava farto de tanta solidão, Deus precisava de uma plateia. Deus desejava significar algo para alguém, não há nada de errado com isso. Mas Deus gosta mesmo das pessoas? Alguma vez Deus já sentiu aquele aperto no peito, quis Se sentar na cabeceira da cama de alguém, apenas para escutar sua respiração e ficar ali só admirando, admirando, admirando?

Milhares de óvulos estão maduros no corpo de uma menina de apenas quatro anos de idade. Visto assim, pode-se dizer que o ovo veio primeiro. Estão lá desde o princípio, centenas deles são formados ainda no estágio fetal. Desde então, vão perecendo gradualmente e apenas um pequeno número, algo em torno de uma centena, resultam num óvulo maduro. A maioria é descartada com sangue, sangue, sangue, qual é a vantagem disso, alguém pode se perguntar, a dor, o desconforto, ano após ano. Mas então um deles é selecionado e se torna o alvo. Depois de tanto tempo ali parado, esperando, esperando,

esperando. Agora o óvulo está sob ataque, agora ele é penetrado e... viva! Bem no alvo!

Primeiro a náusea. Em seguida, os seios doloridos e um desejo intenso de deitar de costas e ficar apenas respirando, imóvel. No sonho eu crescia como uma massa lêveda, até atingir o teto e, na manhã seguinte, despertava e me dava conta de que era verdade. Três quilos, cinco, sete. O médico perguntou se eu estava me alimentando direito, eu comecei a mentir sobre meu peso. Dez quilos, treze. Dezessete. Meus amigos se deixavam enganar pelas equimoses nas minhas bochechas, diziam que eu estava linda, olhe só este bronzeado, você está radiante, elogiavam. No interior das minhas pernas, os vasos sanguíneos ameaçavam estourar e rasgar a pele alva, e certo dia me olhei no espelho e gritei de pavor, meu Deus o que é isso nas minhas panturrilhas, o que aconteceu, as veias grossas negro-azuladas se irradiando para os lados, em todo o comprimento das pernas, subindo pelas coxas. Algo se esticava, algo crescia, não queria parar. Era agora que eu deveria desabar no chão, inconsolável? Tenha compostura, mulher. Lavei meu rosto com água gelada e achei que deveria tomar uma atitude, que todas essas transformações estavam fadadas a acontecer e a se repetirem, eu já havia perdido o controle, havia ultrapassado as fronteiras dos meus limites físicos, eu já não pertencia mais a mim, a única coisa a fazer era testemunhar a mudança, assistir à transformação com curiosidade. Ou pelo menos tentar. Aquilo que se expandia dentro de mim me obrigava a capitular, queria me devorar viva. Estufei o peito, ergui a cabeça e segui em frente.

Eu a traí, eu disse. Sim, você a traiu, você concordou. Nunca mais seremos apenas eu e ela, eu disse. Não, nunca mais, você concordou. E nada mais havia a dizer sobre este assunto. Eu era causa, consequência e efeito. Havia três meses que observava o calendário de ovulação e comia geleia de abelha-rainha e evitava café e álcool e durante o mesmo período monitorei a secreção vaginal: se fosse espessa o bastante para formar fios finos, entre o indicador e o polegar, seria um indício de mais fertilidade. Fiz o possível para estar no meu período mais fértil. Não tinha a quem culpar exceto a mim mesma.

Já pensou se forem dois aqui dentro, eu disse. De onde você tirou essa ideia? você disse. Não ousei mencionar a minha intuição nem a internet, disse apenas que era tão diferente da gravidez anterior. Me queixei das náuseas, dos peitos extremamente doloridos, de uma secura intensa. Mencionei os sonhos mais estranhos com crianças, sempre em quantidades absurdas. Passei cinco semanas sem fazer outra coisa a não ser dormir. No interior das minhas pálpebras eram projetados curtas-metragens surrealistas, jardins de infância no interior de guarda-roupas e uma fila interminável de bocas escancaradas, ou uma fila de quinze fetos do tamanho de um dedo rastejando ao redor da privada. Eu dava descarga em todos eles. Até onde pude perceber, nenhum deles se parecia conosco.

A ginecologista posicionou a cadeira no local exato, pressionou alguns botões e espiou a tela. Você tem andado nauseada, ela quis saber. Fiz que sim com a cabeça. Está vendo alguma coisa, perguntei. Ela abanou a cabeça. Ainda não. Não sem entrar no seu corpo primeiro. Ela brandiu aquele troço liso que parece um joystick ou um vibrador futurista, virou-se para mim e me pediu para subir a saia mais um pouquinho. Ela disse: Normalmente recomendamos esperar até a oitava semana, porque trinta por cento de todas as gestações são terminadas pelo próprio corpo no decorrer das seis primeiras semanas. Uma vez que você vê a vida pulsando, porém, um aborto espontâneo é sempre mais traumático. Mas você tem certeza? você perguntou. Fiz que sim com a cabeça. Essa médica sabe bem o que está fazendo, você comentou rindo.

Em seguida disse: Vamos precisar de um carro novo, vamos ter que comprar uma casa. Eu reagi dizendo: Metade de todos os pais de gêmeos se divorciam ao longo do primeiro ano. Não vamos comprar uma casa nova. Metade continuam casados, disse você segurando minha mão sobre a mesa do café. É preciso apenas decidir a qual grupo se quer pertencer e depois é só permanecer nele.

Você não sente medo do mesmo jeito que eu, não tem nada solto se revirando dentro de você. Você ergue os olhos e me encara, você é do tipo que traça um rumo e segue firme, firme, em frente, sempre em frente. Pragmático. Por que acha que eu te odeio, por que acha que eu te amo? E se atos cometidos por amor se parecem tanto com ódio, como é possível saber a diferença? Como é possível amar e este amor ser percebido pelo ser amado?

Passadas doze semanas parei de tentar encontrar fetos mortos no vaso sanitário. Segundo o livro e a internet e a parteira e a minha própria mãe eu já podia falar deles em voz alta sem correr risco. Dois fetos vivos flutuavam no meu útero, nadando em pele e gordura e sangue, cada um deles do tamanho de um maracujá. Na semana dezoito fiz novo exame. Olhe aqui! disse a ginecologista apontando para as sombras escuras na tela. Está vendo? Abanei a cabeça. Dois meninos, disse ela, voltando a deslizar o joystick pela minha barriga. Com tudo no lugar, direitinho? Não consegue ver? Voltei a fazer que não com a cabeça. Ela riu. Bem, de tímidos eles não têm nada!

Dois meninos! você disse radiante, deixou escapar que até preferia que fossem meninos, mas não se atrevia a escolher, você disse que estava feliz por ter uma relação tão segura e próxima com seu pai, e era importante sobressair como um bom exemplo, sem resvalar no estereótipo do futebol, dos aeromodelos e dos carros de corrida, mas incluir atividades como dançar balé e tocar rabeca. Você quer dizer violino, eu corrigi. Mas pense como será mais fácil para você também, você continuou. Meninos amam as mães sem reservas e para sempre. O resto do mundo parece concordar com você. Dois filhos! as pessoas comemoravam, dois filhinhos da mamãe que vão idolatrar você! Ninguém se referia àquele plural como um problema, ninguém dizia duas vozes, duas identidades, duzentas necessidades e o mesmo número de brigas, ninguém se pergunta como você vai conseguir amar tanta gente.

Duas batatas-doces, eu disse. Dois pimentões, duas romãs, dois mamões-papaia. E todos riam, achando que estava tentando ser engraçada. Havia sites que comparavam o tamanho de certos vegetais ao do feto, semana após semana. Já os conhecia de cor, feijões na semana oito, brócolis na semana vinte e cinco, couve-flor na semana trinta, abacaxi na semana trinta e três, e a partir daqui, por alguma razão, passavam a falar em comprimento em vez de largura, um maço de beterrabas na semana trinta e sete, um alho-poró na semana trinta e oito. Li que gêmeos costumam nascer um pouco antes do termo, e "termo" era, no caso de uma gravidez gemelar, um conceito relativo. Dar à luz na semana trinta e cinco, um melão, era considerado tão normal como dar à luz na semana quarenta. Abóbora.

Certa vez tentei equilibrar nas mãos duas abóboras, que comprei para comemorar o Dia das Bruxas no primeiro ano deles no jardim de infância. Derrubei ambas no chão tentando abrir o porta-malas do carro. Uma massa alaranjada parecida com vômito se esparramou pelo estacionamento. O homem no carro ao lado do meu abaixou o vidro da janela do carona. Se eu preciso de ajuda?

O que você acha? Ajuda com duas abóboras esparramadas ou com minha filha caminhando com a neve pela cintura, não, quando vamos esquiar seguimos os rastros deixados pelos esquis alheios, quando ela tropeça e não consegue se levantar vou até onde está caída no chão com luvas e gorro e bastões cobertos de neve, pronto! digo eu, mas ela se recusa a se levantar. Pare de choramingar, eu digo e lhe estendo o bastão, segure aqui e vamos continuar a descida, preste atenção, FIQUE EM PÉ, você está no meio da pista e a qualquer momento alguém vai descer lá do alto, você não pode ficar aqui, no meio do trajeto, POSSO SIM, ela diz. E então ela fica ali deitada e eu digo algo do tipo agora você precisa deixar disso, não se comporte como um bebê, eu fico com vergonha quando você age assim, você já é muito grandinha para ficar deitada na neve fazendo essa birra toda, vamos, AGORA VOCÊ VAI FICAR EM PÉ. Não, diz ela. O que a coitada da mãe pode fazer? Segure isso aqui, diabo, rosno eu enfiando a ponta do bastão na neve bem diante dela, Ei! grita uma voz atrás de mim, uma voz grave, eu me viro, um homem metido numa malha apertada mais parecendo uma camisinha gigante. Gorro vermelho brilhante enfiado na cabeça com a logomarca de um banco na testeira. Lentamente, ele vence a neve e vem em nossa direção. Se preciso de ajuda? Não, eu digo. Sim, diz minha filha.

Às custas da minha própria alma e do meu próprio corpo, os pulmões deles, os narizes deles, os joelhos deles, as bundinhas redondas deles, os testículos, os lóbulos das orelhas, as unhas, os redemoinhos escuros nas nucas deles foram cultivados dentro de mim. Tanto que tinha, tanto que dei para receber isso em troca. O viço do meu rosto? Podem levar. Meu cabelo? Podem levar. Minha energia? Pois não, podem levar também. Autoestima? Fiquem à vontade, podem levar também.

Quando deito de costas eles se agitam de um lado para o outro, me arrastam junto, alteram meu centro de gravidade. Isso aqui foi um ombro ou um cotovelo ou um punho ou uma cabeça ou um joelho? A julgar pelo remexer da pele da barriga e pelos chutes e pontadas no interior do corpo passei a inferir o temperamento de cada um. Um era calmo e sereno (exceto pelos acessos de soluços quando me deitava para dormir), o outro era agitado e beirava a violência. No ultrassom víamos nitidamente que ele batia na cabeça do irmão, eu disse a você que precisaríamos demarcar limites muito claros quando eles viessem ao mundo.

E quanto à puberdade? eu disse. O que faremos quando eles começarem a cheirar mal e a brincar com o próprio corpo? Brincar com o próprio corpo, você repetiu rindo, não há muito o que fazer nessas horas. Você por acaso não conhece a história da mãe e dos lencinhos umedecidos, eu disse. Ela escreveu uma espécie de homenagem num desses sites, agradecendo ao fabricante de lencinhos, dizendo que não sabia o que seria dela sem eles, que não seria capaz de sobreviver um só dia limpando fluidos corporais ressecados pela casa inteira. Ela conta que os filhos costumavam usar qualquer tecido que estivesse ao alcance, cachecóis de seda, panos de cozinha, o cobertor do cachorro, ela escreve que encontrava meias ressequidas e afiadas como facas espalhadas pelos cantos mais estranhos da casa. Meias? você disse. Essa é nova. O que vamos fazer quando eles ficarem assim? perguntei. Escutem aqui, você disse encostando os lábios na minha barriga, sejam bonzinhos com a mamãe, usem lencinhos umedecidos.

A mamãe não pode te ajudar agora, a mamãe não aguenta mais brincar, a mamãe não lembra, a mamãe não consegue, a mamãe não quer, a mamãe não dá conta de se levantar tão depressa, a mamãe está com dor nas costas hoje, a mamãe precisa deitar aqui um pouquinho, a mamãe precisa dormir, a mamãe está cansada. A mamãe é burra, ela disse. Sim, eu disse. Me desculpe, minha filha. Mas já vai passar. Eles vão embora? ela perguntou.

Você deixou de acariciar os dedos pelo cós da minha calcinha quando íamos para a cama. Não quer mais transar comigo? eu disse. Não é que eu não queira, você respondeu. É só que acho estranho estar dentro do seu corpo junto com eles. Eu disse que isso era um clichê e esperava mais de você, um homem que se achava tão moderno. Você disse que clichê que nada. Você não acha que grávidas são tesudas, eu disse. E você ainda me vem falar de clichê, você disse. Silêncio! eu disse. Você não sabe que o desejo é proporcional ao tamanho a barriga, não percebeu que recorremos a qualquer coisa se ficarmos desesperadas o bastante, pepinos e frascos de xampu e cabides do guarda-roupa, não se deu conta de que meu tesão está em alta nesta época, não entendeu que quando seus filhos rasgarem a parede inferior do meu abdômen vai demorar uma eternidade para a próxima vez, será que não se deu conta disso? Só não quero que eles sejam apresentados a mim desse modo, você disse. Relaxe, por mais que tente você não vai conseguir acertar o pau na cabeça deles, eu disse. Além disso, eles ainda nem têm os olhos totalmente desenvolvidos.

O obstetra islandês que me examinou na semana trinta e nove constatou que os dois estão na posição sentada, com a bunda para baixo, e deu a impressão de ser favorável a um parto normal. Me senti poderosa e disse que também era. Ele assentiu e tomou nota. Tirei um dez com louvor, olhe só! Três dias depois, quando cambaleava pelos corredores, não era o islandês quem estava no plantão, e ninguém se deixou impressionar pela minha abordagem natural das coisas. Qual é o sádico que acha uma boa ideia dar à luz de parto normal a duas crianças que estão de bunda para baixo, disse a parteira que fez o ultrassom enquanto eu urrava de dor e implorava que terminasse logo, doía muito, uma dor infernal, não aguentava mais mãos enluvadas me apalpando e enfiando dedos em mim, não queria mais instrumentos encostando na pele retesada da minha barriga. Olhe aqui, ela disse apontando para a tela, este aqui está atravessado, está vendo? NÃO! vociferei, não estou vendo e não dou a mínima para o que você vê, eles estão saindo, estão saindo, estou sentindo, me ajude!

Não são seus filhos que estão saindo, disse a parteira apontando para o que estava entre as minhas pernas, uma gosma amarronzada. Relaxe agora! ordenou ela quando comecei a gesticular querendo limpar a sujeira. Deite-se e fique quieta ou você vai machucar seus filhos! E obedeci, claro que obedeci, quem quer machucar os próprios filhos, deixei escapar um peido e me deitei, mas não consegui conter as lágrimas, e você não parava de me acariciar os cabelos. Desse jeito eles não vão sair, disse a parteira para alguém na porta, várias pessoas observavam a tela, outros apontavam e avaliavam, nenhum deles vai sair assim, repetiu outro, e logo o quarto estava cheio de pessoas vestindo roupas brancas e verde zanzando de um lado para o outro, ENTÃO DEIXEM ELES LÁ E PRONTO! eu urrava, mas ninguém ouvia, cesariana, disse a parteira, JÁ!

Alguém me cortou, outro alargou o corte, outro afastou a pele da barriga e enfiou os dedos, olhe para o outro lado, você tentou me confortar. Alguém puxou a cortina bem debaixo do meu queixo, eu não era mais um ser humano, era só um busto, um cadáver aberto. Tudo bem? você cochichou no meu ouvido. As seis pessoas que trabalhavam ali estavam em completo silêncio, exceto quando pediam instrumentos ou ajuda uns dos outros. Espátula. Bisturi. Dreno. Compressa. Alguém segurava, alguém levantava. Outro cavoucava e puxava. Aqui está um e lá está o outro, vamos tirar este primeiro e você segura o outro enquanto eu levanto, um, dois, três e PRONTO. Podia muito bem ser meu estômago ou meus intestinos, algo foi arrancado para fora de mim, erguido, suspenso acima de cortina, pendurado e balançado de um lado para o outro, cabeça braços barriga, uma parte de mim que não era mais parte de mim, um embrulho que não chorava nem se movia, ele está morto pensei, mas então ele produziu um som, uma espécie de coaxado, e agora vamos examiná-lo rapidamente e já, já ele estará de volta aqui, disse um rosto emoldurado por cachos suados, O G2! anunciou um outro e em seguida todos se debruçaram novamente e me escavaram como se estivessem diante de um deslizamento de terra, uma avalanche, certamente deve haver sobreviventes nos escombros.

O mais calminho abriu os olhos e olhou para mim. Fiz um meneio suave com a cabeça e fui aplaudida por todos no quarto. O show tinha terminado, a concentração e a pressa desapareceram, os semblantes voltaram a assumir uma expressão abobalhada, lentamente iam limpando a sujeira, retomando a conversa sobre os turnos no berçário e sessões de fisioterapia. O cirurgião pegou minha mão, a julgar pelo toque foi ele quem se debruçou sobre a maca e os puxou para fora. Dois meninões saudáveis, parabéns! disse ele arrancando o avental cirúrgico e saindo pela porta. Boa sorte!

Iluminação suave, murmúrios, telas ensombrecidas, bipes discretos, vermelho, vermelho, vermelho. Alguém prendeu um saco na cabeceira da cama, um líquido amarelo, relaxe, é apenas urina, sussurrou um rosto de pele clara, agora você precisa beber bastante líquido, vou colocar uma jarra de suco aqui, é só dizer quando quiser mais. Olhei para o saco. Urina. Minha? Ela assentiu com a cabeça. É assim que fazemos depois do procedimento. Um pequeno cateter até o corpo voltar a funcionar como deve. Procedimento. Um pequeno cateter. Dentro de mim. Eu. Um colchão de ar perfurado. A barriga não mais se projetava na direção do teto. Eu era apenas eu novamente. Desse jeito eles não vão sair. Um cadáver vazio, abandonado ali para apodrecer. O corpo feminino já cumpriu seu papel? Obrigado então, a próxima, por favor. Quis perguntar a alguém, mas mal conseguia abrir a boca de tão seca e nenhum som escapava dos lábios, onde estão os feijões, as laranjas, as abóboras, onde estão os dois seres que cresceram dentro de mim e com quem eles se parecem e o que vão fazer com eles e o que vão fazer comigo? Ou será que isso tudo não passou de um sonho e, neste caso, em que instante da vida o sonho começou e onde eu vou despertar — posso escolher?

Numa noite de verão, no final da década de mil novecentos e oitenta, na casa da minha avó, quando ela ainda não havia esquecido do meu nome ou de onde estavam as taças ou de que a mãe dela não estava mais viva, a casa toda arrumada para me receber, o quarto com aquela roupa de cama azul clara de crepe de algodão, as mãos embrulhando o edredom nos meus pés e ela vindo se sentar ao meu lado na cabeceira. Suas mãos recendiam a grama recém-cortada e café, elas acariciavam minha testa, cabelo, testa, cabelo, bochecha, cabelo, bochecha, testa. O trinado dos pássaros nas macieiras lá fora invadia a janela entreaberta, lá embaixo vovô ainda caminhava de um lado para o outro na sala de estar onde o rádio tocava uma música conhecida que dizia que a noite é longa, bem mais longa que o normal. Ela me pergunta quais as flores que encontrei, respondo campânulas e cravos vermelhos e margaridas e dentes-de-leão e então não consigo me lembrar de nada mais, ela diz fúcsias, ranúnculos e lótus. Elas estão amassadinhas sob o travesseiro. Existe uma esperança. Quando vovó tinha onze anos conheceu vovô num sonho, e treze anos depois eles se casaram. Boa noite, minha linda.

Ou no posto de gasolina no alto da montanha naquela noite, entre gôndolas de chocolate e docinhos e batatas fritas, com o dinheiro da mesada ardendo no bolso do casaco, um menininho chorando. Sete anos, oito? Nós nos agachamos, minha amiga e eu. Que foi, amiguinho? Por que está chorando? Onde estão seus pais? Ele soluçou algo em resposta. Limpou o rosto na manga da jaqueta, o ranho ressecado grudou no tecido azul sintético. A resposta foi mesmo aquilo que escutamos? Nós nos entreolhamos. O que você disse, insisti. Foram embora, repetiu ele, soluçando. Me deixaram aqui. Sua mãe e seu pai te deixaram aqui? quis ter certeza. O menino confirmou com a cabeça. Aqui, em plena montanha? disse eu segurando seu ombro. É sério mesmo? ELES FORAM EMBORA E TE DEIXARAM AQUI? Ele voltou a balançar a cabeça. Eu fui malcriado, disse ele num fio de voz. Minha amiga deixou escapar um palavrão, que merda, puta que pariu. Problemas? disse o homem lá no caixa, e nós nos levantamos, segurei o menino pela mão e o levei comigo. Os pais foram embora e deixaram ele aqui, expliquei, a minha voz tremia de raiva e indignação, o que vamos fazer agora, disse eu, pode por favor chamar a polícia? Ou o conselho tutelar, disse a minha amiga. Concordei com a cabeça. Mas o homem no caixa já não olhava para nós, tinha os olhos na porta que se abriu e deixou entrar aquele homem alto de gorro e roupa de esqui, ele olhou para um lado e para o outro e nos avistou. Papai! gritou o garotinho e saiu correndo ao encontro dele. O homem ficou parado e abriu os braços para abraçá-lo. O que você fez! eu disse revoltada. Você não pode abandonar seu filho dessa maneira, você faz ideia de como ele estava apavorado, você não pode fazer uma coisa dessas, isso é crime! Nós tínhamos um acordo, disse o homem, o combinado era que você se comportasse direitinho, você precisa saber que tudo tem limite. Limite! me exaltei, elevando o tom de voz, indignada, você não pode abandonar uma criança e vir aqui falar de limites! Isso é um assunto que diz respeito a nós e a ele, disse o homem apontando para o breu da noite lá fora, além disso paramos o carro do outro lado da pista. Vão para casa agora, meninas, parem de querer brincar de polícia. O menino enxugou o rosto com o braço novamente e olhou para mim, tentei sorrir de volta, seu pai costuma agir assim? perguntei. Ele abanou a cabeça. Abraçou a perna do pai, o que mais poderia fazer? Nós vamos denunciar vocês!, ameacei. Você nunca poderia ser pai! Ele se foi, com as mãos sobre os ombros do menino, e abriu a porta de um carro preto onde havia pelo menos outra criança e uma mulher no banco do passageiro, ela me olhou nos olhos e rapidamente desviou o rosto, envergonhada, imaginei, o filho da puta que não deveria ser pai devia agir feito um louco também em relação a ela. Ele nunca poderia ser pai, continuei a repetir para mim mesma, para a minha amiga, para os colegas de classe quando retornamos ao hotel da estação de esqui, para os professores que perguntaram por que demoramos tanto, nós simplesmente não podíamos nos omitir, duas garotas de dezesseis anos, qualquer coisa poderia nos ter acontecido naquela escuridão erma. Protestei e repeti e implorei, nós tínhamos que ligar para alguém, para a polícia ou para o conselho tutelar, quem quer que fosse, lembrei do número do seguro no carro, eles poderiam ajudar, por favor, nós temos a obrigação de fazer alguma coisa. Calma, calma, calma, disseram os adultos. A coisa não deve ser tão ruim como você está pensando, mas que bom que você se preocupou e quis fazer algo. Xinguei todos eles. Como poderiam fechar os olhos diante de uma coisa assim. Fui dormir aos prantos naquela noite.

Pssst. Olá. Tem dois sujeitinhos aqui que querem dizer oi, anunciou uma ruiva toda vestida de branco carregando dois pacotinhos nos braços, ela se aproximou e inclinou o corpo sobre mim, eles querem sentir o seu cheiro, ela disse, e o resto é com vocês. E você já amamentou antes, certo? Confirmei com um meneio de cabeça. Ela os acomodou delicadamente no meu colo, duas cabeças rentes ao meu pescoço, vivas e reais. Você já deve ter escolhido os nomes, ela disse, mas para facilitar a gente costuma fazer assim. Ela fez um carinho nas cabecinhas minúsculas, cobertas com gorros de algodão, etiquetados com pincel atômico, G1 e G2. Como se fossem dois canais de TV, pronto, divirta-se.

Recém-nascidos são colocados naqueles caixotes retangulares de plástico rígido e transparente presos a carrinhos com rodinhas. Quer ajuda? Não, agradeci. Precisava saber que conseguiria fazer tudo sozinha. Precisava saber que conseguia me locomover naquele meu corpo maltratado, empurrar o bercinho de um recém-nascido pelos corredores do hospital. E que triunfo! Os corredores estavam cheios daqueles bercinhos, mas apenas o meu tinha dois bebês. Dois bebês sadios, dois seres humanos perfeitos, frutos do meu próprio corpo. Como era possível, qual processo miraculoso ocorrera nas minhas entranhas? Sete vírgula oito quilos de fé, esperança e amor. Não é estranho que todos acompanhem com o rosto quando passamos, não é estranho que se detenham para admirar, não é estranho que um deles tenha dito que eu era uma heroína, não é estranho que um outro tenha me dado um tapinha carinhoso nas costas e dito que eram maravilhosamente lindos? Um terceiro quis saber como se chamavam. Não sei, respondi. É, escolher dois nomes é mais complicado, disse um quarto. Já escolhemos os nomes, esclareci, claro que eles têm nomes, eu disse, só não sei o nome certo, quer dizer, só não sei quem é quem. Todos riram. Também desatei a rir, não conseguia parar, SÓ NÃO SEI QUEM É QUEM! ri, e chorei, ou ri, ou me acabei de chorar até um outro sujeito me entregar um lencinho e se oferecer para me ajudar a voltar ao quarto. Não, está tudo bem, assegurei. Acho que consigo ir sozinha. Está tudo bem, disse e me recompus. Está tudo bem! insisti. Minha pequena plateia no corredor do hospital se dispersou e foi embora.

Li num site sobre mães de gêmeos que existem travesseiros que permitem amamentar dois bebês e, ao mesmo tempo, ler em voz alta ou assistir à TV com um terceiro, por exemplo. Chama-se almofada de amamentação, talvez fosse bom ter uma dessas, disse a enfermeira. Seu rosto era gentil e inocente, achei que era jovem demais para ser mãe, mesmo assim, ela me deu conselhos que absorvi avidamente, sem fazer ideia de como eu conseguiria dar conta sem a ajuda dela ou de outras pessoas que cuidavam de mim naquela ala em que ninguém dormia, o berçário do sexto andar. Mas eu tinha que voltar para casa, para minha filha. Precisava pedir desculpas a ela por tudo isso, por ter me ausentado tanto, por ter que me ausentar ainda mais no futuro. Como se pudesse esperar algum tipo de perdão. Você está aí? perguntou a enfermeira. Ela fez um gesto com as mãos tentando mostrar o tamanho do dispositivo, do instrumento, como ela chamava, a almofada de amamentação, que me permitiria fazer várias coisas de uma só vez. É possível amamentar duas crianças e assistir à programação infantil da TV com uma outra? perguntei. Claro, ela deu uma piscadela de olho, mas também outras coisas. Como atender o telefone, lixar as unhas, ler um livro, beber um copo d'água. Coisas que você precisa fazer para ser você mesma. Não é? A gente não é só mãe, precisamos ser nós mesmas. É preciso ter um espaço para o seu eu. É importante. Assenti, imaginando como seria. Um tempo só meu entre dois seios, duas bocas abertas de dois corpos famintos, e a cada quinze dias um terceiro corpo no sofá, sentado ao meu lado.

Como se reconectar com uma filha depois que se tem gêmeos? Subi apressada as escadas, atravessei o corredor, entrei na sala. Onde ela estava. Aqui não, aqui não, mas ALI. No sofá, seu peito enchia e afundava lentamente. Que braços mais longos, e pernas, que cabelos compridos, e por que ela tinha pés tão grandes, mãos tão grandes, o que estava acontecendo com ela afinal? Me sentei no chão ao lado dela e lhe fiz um carinho na bochecha. Minha linda, sussurrei repousando meu rosto em seus cabelos. Minha querida, me desculpe. Ela pelo menos tinha o mesmo cheiro de antes. Parece que eles estão com fome! você disse. Parece que querem comer JÁ!

O amor é um bolo que nunca acaba, que é fatiado em porções generosas e repartido.

Pusemos os dois atravessados num berço dentro do nosso quarto, no escuro. Pelo visto, haviam adormecido num sono profundo. Ali eles ficariam, uma rotina que só seria interrompida pela amamentação, troca de fraldas, visitas de amigos e familiares e breves idas ao hospital, por causa de alguns exames que não melhoravam. G1 estava com a pele muito amarelada. No quarto dia, soltei-o do assento preso ao banco do carro e o entreguei nas mãos de um técnico do laboratório, para fazer novos exames de sangue, uma pediatra entrou na sala, uma senhora de cabelos longos e grisalhos, era ela quem estava acompanhando os resultados dos exames mais recentes. Você tem certeza de que estão tomando sol o bastante? ela indagou.

Leite materno fluindo pela corrente sanguínea, combatendo infecções, abrindo caminho durante um sono atribulado, intercalado por pesadelos que um deles caiu no chão ou morreu sufocado na cama debaixo dos grossos edredons, bebês não devem dormir na mesma cama dos pais, a menos que se tenha um completo controle, mas como é possível ter algum controle neste inferno? Todas as noites vagueio às cegas à procura deles, na traiçoeira escuridão da memória. Acordei, escutei, espiei no escuro, comecei a tatear pela cama, pedi que você se sentasse para que eu pudesse olhar debaixo de onde estava, não acenda a luz, sussurrei, para que não acordem, mas você acendeu a luz de qualquer maneira e lá estavam eles, os dois, deitados juntinhos no bercinho. Então voltei a dormir e a acordar e a dormir de novo e então despertei e voltei a me sentar, talvez você tenha me ajudado trocando a fralda de um, enquanto eu dava o peito para o outro, provavelmente enquanto você adormecia, mas então não quis mais acordá-lo, em vez disso pus no berço o bebê saciado sem fazê-lo arrotar antes, sem lhe trocar as fraldas, cobri-o com o edredom — pronto, agora durma — para só então ir amamentar o outro. Na manhã seguinte, o primeiro acordou com a fralda saturada e uma faixa marrom fedida manchando as costas do pijama. Obviamente, alguém estava de olhos postos em mim me vigiando, não sei quem, mas os pequenos deslizes e pecadilhos que eu cometia eram severamente punidos.

A mulher do posto de saúde veio nos visitar em casa, AI! ela disse. Eu os tinha deixado deitados no sofá sozinhos e lá estavam eles, duas pequenas múmias uma ao lado da outra. Eles não vão saltar dali e sair pela casa sozinhos, tentei me justificar, e era verdade, eu mal os tinha visto mexendo os braços desde que vieram ao mundo. Ela me fitou demoradamente. Não vão. Não vão. Mas nunca se sabe. Ela se ajoelhou diante do sofá e fez uns sons estranhos com a boca. Os braços e pernas pequeninos começaram imediatamente a se esticar. A mulher do posto de saúde estalou a língua, fez chiados e assobiou. Eles são muito tagarelas, esses seus pequenos, disse ela depois de um instante, abrindo-se num sorriso para mim. Ah é, eu disse. E sobre o que estão tagarelando? Tanta coisa, ela riu, sem desviar o rosto, o olhar fixo neles dois. Dirigindo-se a eles. Não é verdade, meninos, que vocês estão conversando sobre um montão de coisas? Oh, mas é claro, vocês não param de matraquear, têm tanta coisa para dizer, não é, não é. Talvez você pudesse me dar algum exemplo, eu disse, do que eles dizem, para que eu possa prestar atenção? Com um abano de mão ela desdenhou da pergunta, Ah, ela disse, isso não é nenhum truque de mágica, quem é mãe sabe muito bem como é.

Depois de três semanas de vida, você fez um cálculo simples: Se cada um deles sujasse dez fraldas por dia, significava que eu teria já os teria trocado quatrocentas e vinte vezes. Não sei por que você mencionou isso, se queria demonstrar que o trabalho doméstico também era duro, ou se era apenas uma observação estatística sobre o cotidiano, como números que lhe passam na cabeça enquanto você está regando, podando, plantando, adubando, realmente não sei. Olhei para suas mãos, que cuidadosamente deitaram um depois o outro na almofada de amamentação fixada ao meu torso. Durante as pausas, não era uma boa ideia desatá-la, dez minutos depois ela já estaria sendo utilizada novamente, sendo assim ficava sentada no sofá com panos cobrindo o busto nu e a plataforma presa sob meus seios, esperando que suas mãos tornassem a acomodar as cabecinhas com bocas escancaradas diante de cada seio túrgido de tanto leite, a pele retesada ao limite máximo, a carne do meu peito, a gordura do meu peito, o tecido do meu peito, meus mamilos naquelas duas bocas, eu olhava para suas mãos, fortes e calosas e ainda manchadas de terra, sim, como tantas vezes antes, mas havia também algo de novo nelas, algo mais suave e mais protetor e... previsível, me lembro de ter achado.

Golfadas no chão da cozinha, edredons espalhados na sala, controle remoto da TV numa gaveta com paninhos regurgitados, mais paninhos na prateleira junto com copos de vidro, copos esquecidos pelo quarto, travesseiros de cama largados no sofá, almofadas do sofá no quarto das crianças, blocos de Lego no banheiro, que não tem mais papel higiênico, mijo no canto, cabelos no ralo, precisando comprar mais fraldas também, e xampu e desodorante, quem foi que tirou todos os lencinhos umedecidos do pacote?

Estou cada vez mais apaixonado por você, você disse. E estou cada vez mais apaixonada por você, eu disse.

Eles logo ficaram grandes demais para a almofada de amamentação. A partir daí só poderia amamentar um de cada vez, e agora? eu chorava, cadeira de balanço, você disse. Mas recém-nascidos não podem se sentar num espaldar reclinado, eu disse, porque havia lido a respeito, e se, se, se um recém-nascido se sentar nessa posição, se por uma ou outra razão insondável isso for absolutamente necessário, é muito importante que o bebê não fique muito tempo assim. O estiramento muscular decorrente dessa postura pode levar a sequelas permanentes na coluna. Você andou pesquisando na internet de novo, você disse. Rasguei a embalagem da cadeira e desenvolvi técnicas de alimentação que me fizeram pensar se estava à beira de um embotamento emocional. Você só está sendo pragmática, disse você, tentando me consolar ao sair para o trabalho de manhã. Aprendi que era possível amamentar uma criança e, ao mesmo tempo, chacoalhar a outra freneticamente para alto e para baixo, cada vez mais rápido, na esperança de fazê-la parar de chorar. Pragmática, não psicopata, murmurei. Acontecia também de tentar explicar a eles o problema. Disse a um que seria uma boa ideia deixar o irmãozinho comer em paz. Se você não parar de berrar ele vai dar o troco quando chegar a sua vez, ameacei, retomando as chacoalhadas. O olhar que ele me deu...

Inocente e eterno.

O tempo flui rapidamente entre os corpos. No aniversário de um ano, fizemos fotos deles com os rostinhos sujos de chantili, à noite transamos, passaram-se sete semanas desde a última vez, ou foram onze. Eu, que costumava me lembrar de tudo, tinha até perdido a conta. Relaxe, você disse, nós temos a vida inteira pela frente, o desejo é irrefreável e vai voltar. Você fez o que pôde para parecer sincero. Como a pedagoga do jardim de infância, que nos chamou de corajosos e resistentes e firmes e disse que era incrível que continuássemos sendo um casal, olhando em retrospecto, e você disse que as coisas tinham melhorado muito agora, já não é mais aquela selva, você disse, como se a selva fosse comparável a qualquer coisa além de uma selva. Mas é preciso que se diga: Não lembramos de quase nada do primeiro ano, você acrescentou. Certamente um mecanismo de proteção, ela disse. Nesse instante nós dois concordamos com a cabeça.

Claro que nos lembramos do primeiro ano. Lembro que eles gritavam, berravam, urravam, que acordavam ao outro e também a nós. Será que ninguém poderia nos ajudar? Até que ponto é justificável querer fazer tudo por conta própria? Metade dos pais de gêmeos se separam antes de os filhos completarem um ano, a qual grupo nós pertencíamos? Eu me lembro de você empurrando, empurrando, empurrando aquele carrinho o tempo inteiro, lembro de você entrando em casa com o cabelo emplastrado, as roupas encharcadas, o rosto reluzindo de tão úmido. Chuva ou choro?

Engatando os bebês-conforto no carrinho e esperando o elevador lentamente descer até o térreo, deslizando o carrinho para fora do elevador, se apressando para evitar que a porta batesse e fizesse barulho, cruzando as ruas apressado, passando acelerado pelas calçadas diante das casas, pelo estacionamento, pelo meio do bosque, puxando, arrastando aos SOLAVANCOS, conduzindo aquele carrinho de um lado para o outro, desviando de raízes e buracos, subindo ladeiras, voltando pela trilha do bosque, atravessando novamente as ruas, passando novamente pelas calçadas diante das casas, entrando pelo portão, impedindo mais uma vez que ele batesse e fizesse barulho, esgueirando-se dos vizinhos que faziam um churrasco e bebiam vinho no quintal, entrando sorrateiramente pela portaria, cuidadosamente tirando aqueles dois embrulhos do carrinho, sem deixar cair nenhum, evitando o elevador, carregando um em cada mão pela escada acima, evitando bater na porta, está me ouvindo, eles estão dormindo? não sei, você não sabe? não, até que estejamos no corredor balançando os bebês-conforto de um lado para outro, embalando-os para cima e para baixo, cada vez menos pacientes com cada um dos nossos filhos. Dorme logo porra, dorme. Você tem que balançar mais devagar, ele não vai dormir se você continuar agitada assim. Pronto, e agora, estou balançando mais devagar. Sim, estou vendo. Não fale comigo nesse tom. Que tom. Esse tom. MERDA! agora você acordou ele.

Talvez por isso que ando tão nervosa, porque achei que você fosse me ajudar a me acalmar. Talvez por isso você anda tão nervoso, porque achou que eu fosse te ajudar a se acalmar.

O parceiro deve ser o complemento, a esperança, a salvação. Me ajude a dar o que há de melhor em mim que farei o mesmo em relação a você. Repare como somos brilhantes! Duas pessoas que inventam a si mesmas, ou são inventadas. Na sua fantasia eu pareço essa pessoa, eu me torno ela. Na minha fantasia você parece essa pessoa, torna-se ela. Você não gosta desse tipo de comida, paisagens, roupas, políticos, valores, férias, humor, arte. Nem eu. Não fazemos esse tipo de viagem de férias. Não comemos isso. Não achamos concebível pensar dessa ou daquela maneira. Somos cidadãos comprometidos e responsáveis. Não somos materialistas. Temos outros valores. Somos generosos com as pessoas, tolerantes. Estamos felizes por termos tido essas crianças, somos agradecidos por termos essa família. Nos queremos bem. Respeitamos as diferenças. Compartilhamos responsabilidades e tarefas. Tomamos decisões juntos. Cuidamos das coisas e das pessoas que amamos. Estamos satisfeitos com as crianças. Estamos satisfeitos conosco também. Não queremos estragar isso. Pertencemos a essa categoria, os pais de gêmeos. E não vamos lutar contra isso, não vamos, por exemplo, nos aventurar em busca de algo maior, não vamos mudar nossa rotina nem nosso estilo de vida, não vamos comprar uma casa. Não. Agora não. Vamos ficar aqui.

Já ouvi tantos argumentos explicando porque se compra um imóvel, os mais estranhos possíveis, como coincidências engraçadas, encontros casuais, coisas que simplesmente acontecem por moto próprio, aquele mínimo impulso cerebral que desencadeia um outro, comparável ao pilequinho que se toma numa festa: De repente, lá está ela, num jardim no meio da noite, uma mulher que homem nenhum seria capaz de ignorar, a menos que fosse um idiota.

Você me convidou para almoçar. Aquela manhã de fevereiro parecia até que era primavera, pus meus óculos de sol e aquele cachecol verde que você diz que me cai tão bem, sorri para meu reflexo no espelho ao descer os degraus das escadas, era um dia assim, um instante assim, eu estava feliz por te ver. E era tão raro nos sentirmos assim, você e eu, sentados frente a frente diante da mesa de toalha branca com vinho nas taças, enquanto aguardávamos os mexilhões e o cordeiro e nos sentíamos como pessoas vivas e livres neste mundo, então você se inclinou sobre a mesa e disse que tinha descoberto algo interessante, que não o interpretasse mal, oh não, apoiei meus cotovelos na mesa e inclinei o corpo e pensei na noite que tínhamos pela frente e talvez pudéssemos beber um pouco mais de vinho, e talvez eu devesse depilar minhas pernas ao chegar em casa, porque o vinho talvez nos induzisse ao sexo, era importante nutrir essa parte do relacionamento, eu tinha ciência de que a maior parte da responsabilidade era minha já que na maioria das vezes era eu quem não estava a fim, OK: Pode falar, eu disse. Quatrocentos metros quadrados, você disse. O jardim dos sonhos.

Essa raridade existe há duzentos anos e pode durar outros duzentos, disse o corretor durante a visitação nos estendendo uma bandeja com folhetos e bombons. Lá dentro havia outros interessados: Um casal de meia-idade com roupas de couro e vistosos relógios de pulso, seguramente ricos o bastante para dar um lance em que o céu era o limite, fazendo questão de dizer que precisariam consultar artesãos e restauradores antes de qualquer coisa. Antipatizei de cara com os dois. O modo como deslizavam os dedos sobre o gesso da fachada branca e gélida da casa, como se compreendessem, como se as paredes lhes segredassem algo, exatamente — isso mesmo. Havia também um casal da nossa idade, os dois foram embora assim que entraram, nem os vi vestindo os casacos para sair, estavam em busca de revestimento em porcelanato e de uma banheira de hidromassagem, ali não havia esperança, nenhum alvará do patrimônio histórico os faria querer morar debaixo daquele teto, espremidos entre toneladas de granito de milhões de anos de idade. No banheiro esbarrei numa senhora impressionada com o tamanho da casa, na verdade é exatamente o que estávamos buscando, ela disse. Mas como vou fazer, ela se perguntava, para este banheiro que até agora servia a uma só pessoa passe a servir a oito? Oito! reagi surpresa, dando a ela a deixa que tanto desejava. Os dele, os meus e os nossos filhos, ela explicou. Imagine só a quantidade de água, continuou, erguendo o recorte do carpete, presumi que ela quisesse demonstrar um certo conhecimento de causa, que fingia saber que haveria vazamentos nos canos, que tinha a certeza de que precisaria reformar a hidráulica inteira. Isso dá tanto trabalho, lamentou ela, em seguida agachando-se com uma bolinha de gude que fez rolar sobre o chão e voltou ao mesmo local de origem, rente a seus pés. Olhe aqui, disse ela, levantando mais um recorte do carpete, isto aqui está encobrindo um cano e uma mancha de umidade que estufada assim mais parece um queloide depois de uma operação. Deus do céu, prosseguiu, já pensou em quanto mofo e infiltrações e um assoalho desnivelado e canos que mal deixam escorrer a água. Não, nesta merda aqui não vamos morar de jeito nenhum.

Estacionamos o carro ostensivamente diante do muro da casa e subimos as escadas com a chave que recebemos em troca de um dinheiro que não tínhamos, abrimos a pesada porta, carregamos caixa por caixa lá para dentro e depois nos sentamos no chão, esbaforidos e exaustos. Imagine se não dermos conta, eu disse. Do quê? você disse. Disso tudo, respondi. Da mudança, da adaptação à casa nova, das novas rotinas, da faxina em tantos ambientes, de recolher os brinquedos do chão, de cuidar de tudo isso e também deles. Claro que vamos dar conta, você garantiu.

Gostávamos de passar as noites lá fora. Você pegou uma garrafa de vinho e duas taças, você perguntou se eu tinha ligado a babá eletrônica. Sim, afirmei. Que estranho, você disse, porque vi a luzinha vermelha piscando na janela quando estava a caminho da porta. Quer que eu ligue de novo, perguntei. Porque quem foi que passou o dia correndo de um lado para o outro atrás das crianças, retirando o que era mais absolutamente necessário das caixas da mudança, fraldas e toalhas e mudas de roupa, providenciando o almoço e a melancia e a água fria para substituir a água que tinha amornado sob o sol, procurando papel e sacolas e uma pá de plástico para limpar o cocô boiando na banheira, indo atrás de café para nós e de protetor solar para passar nas suas costas, enquanto você aparava a grama, alta como capim e extensa como um campo de futebol, você reclamou. Dê uma olhada na outra janela! gritou você lá de fora. Fingi não escutar, apertei com força o botão de liga/desliga daquela geringonça de plástico. Talvez fosse só uma questão de desligar e ligar de novo. Ainda vermelho. Então talvez fosse o transmissor no quarto deles que estivesse desligado. Trinta degraus. Sim, está ligado. Desci para a sala e levei o transmissor para o outro quarto. Agora em tese havia um espaço de apenas cinco metros entre transmissor e receptor, ambos estavam ligados e o manual prometia quinhentos metros de alcance, pelo menos. Olhei em volta.

Um metro de sólida parede interna de alvenaria ali, um metro de muro de pedra ali, meio metro de barro e cascalho e madeira no teto acima de mim. Entrei na sala e inclinei o corpo para fora da janela. Não está funcionando!, gritei em plena noite de verão. Não era para ninguém ter que ficar gritando aqui nesta casa! Hein? você respondeu.

No requintado folheto da imobiliária tudo ainda era possível.

Em algum ponto no tempo é possível retornar a si mesma, em algum momento se pode voltar ao tal do EU? Tome meu carrinho do supermercado como um exemplo bem concreto: cereal matinal, bananas, lencinhos umedecidos, leite, leite, leite, detergente, macarrão, molho de tomate, molho de tomate, molho de tomate, pão de forma, patê de fígado, queijo, requeijão, almôndegas de peixe, mortadela, maionese, pepino, feijão, conservas, creme para assaduras, mais queijo, papel higiênico. Nenhuma revista de futilidades. Nenhum produto de beleza. Se eu depilar as pernas, os pelos voltarão a crescer. Se passar creme hidratante, a pele vai se acostumar ao creme e terei que passar ainda mais creme. Se tingir os cabelos, a tintura vai desbotar e os fio vão perder o brilho e precisar de mais tintura. Então, qual o propósito disso? O corpo elimina células todos os dias, despreza aquilo que não tem mais serventia, acusa a passagem do tempo, envelhece. No fim de tudo, eu vou desaparecer. Nesta perspectiva é realmente necessário esse meu esforço diário para limpar os poros da pele, depilar os pelos pubianos e manter a xoxota apertadinha?

Tento encontrar a receita para preparar um concentrado da experiência feminina, com sorte esse concentrado poderá ser liofilizado e preservado em cubinhos solúveis em água quente quando for realmente preciso.

Convidamos os amigos para a festa de inauguração da nova casa, uma festança dessas que duram o dia inteiro. Ergui a taça e fiz um brinde de boas-vindas a todos, beijei você e disse amor não vá passar três horas contando os detalhes da história da casa. Os convidados riram. Tudo isso é nosso! anunciou você, apontando para o chão, depois para o jardim, em seguida para as casas vizinhas e a rua, e, por fim, para o bairro inteiro cujos limites se estendiam até a margem do rio. Os convidados riram novamente. Você se animou e leu em voz alta o memorial da construção: Durante as obras foi preciso construir uma ponte provisória ao redor da casa para transportar os tijolos ao local exato. Para tanto foi preciso usar o lombo de mulas e carros de boi, e em certa ocasião ocorreu de um burrico despencar da ponte e morrer. O animal foi depois sepultado sob o muro. Mais risos. Mais brindes. Aplausos!

Alguns quiseram tirar fotos, e nós estávamos tão felizes que até posei com os pequenos no colo e a mais velha entre as pernas e, de repente, me senti plena, senti o sopro daquilo que chamam de felicidade arejar meu corpo, e o que pode ser melhor do que se sentir plena? — ainda que essa sensação não dure mais que um breve sopro. Fiquei admirando as três cabecinhas com tufos de cabelo despontando, as mãozinhas rechonchudas com sulcos na inserção dos dedos na palma, três corpos que ainda conseguia levantar do chão sem problemas, às vezes até dois de uma só vez. Admirei a copa da enorme nogueira que até meses atrás estava coberta de neve, depois que deixou todas as flores caírem no chão, uma após a outra, no breve intervalo de um ou dois dias. Olhei para a grama, os arbustos, os canteiros que você tinha plantado, os canteiros que ainda estavam por receber flores, plantas perenes que iriam brotar e rebrotar, crescendo mais fortes e frondosas a cada ano. Olhei para a pedra sob meus pés, de novecentos milhões de anos de idade, no fim das contas sou apenas um breve instante no mundo, então qual o sentido de passar esse tempo amedrontada, lembro de ter pensado. Um sopro, nada mais. Olhei novamente para as crianças. Era nesse ambiente que elas iriam crescer, nessa casa, com esses pais, com essa mãe. Um breve instante. Mesmo assim, cada um imprime sua marca no mundo. Olhei para o chão e para o céu e para as nuvens quase invisíveis lá no alto, olhei para você. Você me olhou de volta.

Pessoas antes de nós já tropeçaram naqueles degraus. Pessoas antes de nós brincaram de esconder naquele andar de cima. Pessoas antes de nós choraram no pórtico de entrada. Pessoas antes de nós engravidaram naqueles dormitórios, pessoas antes de nós deram à luz naquela sala de estar, pessoas antes de nós fizeram as refeições naquela cozinha. Pessoas antes de nós correram por aquele jardim, pessoas antes de nós podaram aqueles arbustos da sebe, pessoas antes de nós urinaram naqueles banheiros, pessoas antes de nós sentaram naquele peitoril da janela para admirar a vista, pessoas antes de nós morreram naquele porão, pessoas antes de nós estenderam roupas para secar naquela área de serviço, pessoas antes de nós se abraçaram naquele corredor da cozinha, pessoas antes de nós acenderam aquela lareira, pessoas antes de nós adoeceram, pessoas antes de nós plantaram tulipas naqueles canteiros, pessoas antes de nós derrubaram aquelas paredes, pessoas antes de nós as reconstruíram. Tanta gente antes de nós passou pela soleira daquela porta. Pés vêm e vão e por fim: Há as pegadas que deixam atrás de si, uma marca comum a tudo e a todos. Nós também moramos aqui, grita a pia engastada na bancada de madeira polida.

Não seria melhor se você levantasse a cadeira em vez de arrastá-la pelo chão? você perguntou refestelado no sofá. Estou achando que o taco está muito arranhado, não era assim logo quando mudamos. Arranhado, eu disse me acocorando no chão. Onde? Ali, por exemplo, você apontou, bem debaixo da janela, e ali junto da porta. Mas especialmente debaixo da mesa. Você não esqueceu de colar aquele feltro debaixo das pernas da cadeira, esqueceu? Me levantei bem devagar, não vi arranhão nenhum, não acredito no que você acabou de dizer. Isso lá era obrigação minha? eu disse. Era minha responsabilidade colar o feltro debaixo das pernas da cadeira? Pelo menos eu me lembro de ter lhe pedido para colar, você disse. Mas que coisa! eu disse. O senhor por acaso vai querer mais alguma coisa de mim, enquanto fica aí deitado no sofá, planejando e delegando tarefas? Deixe disso, você disse, não foi essa a intenção. Estou só dizendo que precisamos ter mais cuidado com as coisas ao nosso redor. E por acaso eu não tenho esse cuidado? eu disse. Você olhou para mim. O que é que você está insinuando, me exaltei, o que é que você fica aí deitado dizendo enquanto fico desencaixotando coisas, enquanto me estresso dia e noite tentando fazer nossa vida funcionar, o que é que você está alegando, que eu não tomo o devido cuidado com a merda desse museu que compramos? Você ficou calado. Pois então, se quiser, você que carregue nos braços esta merda de cadeira! eu disse, elevando a voz. Mas a merda da cadeira não precisou ser carregada, ela voou, daqui para lá, das minhas mãos em direção à parede, deixando uma marca indelével na vetusta guarnição da porta.

Dois anos. Dois anos e meio. Você precisa aproveitar enquanto eles têm essa idade, diziam as mulheres com quem esbarrava no trabalho, no supermercado, no metrô. De repente passa. Assentia com a cabeça a cada vez, e sorria. Deixava que fizessem carinho, que perguntassem os nomes e as idades. Absolutamente, eu disse. A infância é o melhor período. Elas me encaravam ansiosas, afinal já tinham passado por isso, tudo o que queriam era uma palavra que lhes refrescasse a memória. Um vislumbre, uma lembrança, vamos lá, nos dê vislumbres e lembranças! As mãozinhas, eu disse. Elas balançavam a cabeça ansiosamente. As mãos gorduchinhas, sussurrei, bulindo em tudo, no meu pescoço, nos meus peitos, nas minhas pernas, na geleia, nas bocas do fogão, na cama, dentro da privada, nos meus olhos, orelhas, nariz, boca. A gente não sossega enquanto não se ver livre deles e largar aqueles seres pequeninos estatelados no chão. E é claro que ninguém pode fazer isso.

Por que tenho tanto medo das minhas mãos, por que não confio na força delas nem nas mensagens que recebem do sistema nervoso central, na minha capacidade de interpretá-las e evitar que os músculos se contraiam e acabem por me trair. Por quê. Os mesmos dedos que faziam movimentos tão delicados em exercícios de caligrafia, sobre as cordas de um violino, nos cabelos das bonecas, entre as pernas do meu primeiro namorado e do terceiro e do sétimo, para cima e para baixo da pele da minha barriga que se expandia abrindo espaço para o crescimento da minha filha, minha primogênita. Os mesmos dedos a seguraram e a acariciaram, a trouxeram ao peito. Os mesmos dedos demonstraram o que era o amor. O que era a paciência. Até ela chorar demais ou dormir muito tarde ou acordar muito cedo ou se recusar a comer ou demandar tanta atenção e tudo isso me sufocar, rápida e furiosamente, com brutalidade. Um corpo em legítima defesa, uma emergência. Eu estava sob ataque. Não? Mas eu não era a adulta, a pessoa no mundo que deveria tolerar tudo isso da parte dela, não era eu quem teria de suportar tudo? De quem ela esgotaria a paciência a não ser a minha? O vazio que se seguiu: Antes eu era boazinha. Na verdade, sou boazinha. Serei boazinha na próxima. Não seria eu quem faria isso, quem a trataria daquele jeito. Não voltarei a repetir aquele comportamento. Deixe disso, mulher, você consegue. Eu deixei disso. Mas então vieram os outros, chorando demais e dormindo tarde demais e acordando cedo demais e se recusando a comer e precisando de atenção e tudo isso voltou a me sufocar, ainda mais rápida e insidiosamente, com ainda mais brutalidade. Estou pensando no tricô, em como fico irritada quando estou tricotando e a linha se enrola num nó ou se parte ou as agulhas batem uma na outra ou me escapam das mãos ou erro nas contas e o número de pontos não fecha, que bosta, tenho vontade de atirar aquela merda na parede e pisotear e gritar e desfiar tudo e nunca mais voltar a tricotar de novo, nunca mais, não suporto mais nem pensar nessa porcaria. Que merda eu quero com cento e trinta pontos. Para que aquele gabarito. Por que preciso dificultar tanto as coisas para mim mesma, por que sempre quero mais. Por que não podia me contentar com um simples cachecol. Por que não parei na primeira filha.

Não! Não tenho o direito de pensar assim. Claro que não me arrependo de ter tido nenhum deles. Se tivesse que escolher não ter alguém, este alguém seria eu.

Sonhei que estava deitada no chão olhando para o teto da sala, três corpinhos balançavam pendurados no alto e, de repente, as vigas cediam, o teto se abria e o piso acima de nós desabava e o vento e a chuva invadiam a casa e uma quantidade infernal de ratazanas gordas vinham flutuando pelo ar e aterrissavam no tapete a meu lado. Ali elas ficavam durante alguns tenebrosos segundos, eu não conseguia me mover e juro que elas me encaravam bem nos olhos, com ódio, e então saíam em disparada pelo corredor, as unhas arranhando o assoalho, e desciam as escadas, algumas chegavam até a uivar, Deus sabe que fim levaram.

Você está perto de ter um insight, diz o não-psicólogo.

A história sobre nós, como era mesmo. Você diz: Por que você acha que saí tão cedo do trabalho naquele dia, por que acha que tenho esse impulso incontrolável de ler tudo sobre árvores em templos e florestas nativas, por que acha que entrei no carro e dirigi até a cidade vizinha quando poderia muito bem ter ido à biblioteca local, por que acha que fui logo na sua biblioteca justamente naquele momento? Digo: Não sei, não sei, não sei, me conte! Você diz: Talvez porque tivesse a certeza de que havia uma pessoa muito especial em algum lugar lá dentro.

Por favor, diz você agora. Sente-se, relaxe. Como se tivéssemos tempo para relaxar, pondero. Meu Deus, olhe só para isso, olhe só para nós! você diz, logo mais vamos sucumbir a demãos de tinta e espátulas e planilhas de orçamento e alvarás do patrimônio e controle de pragas e encargos mil. O que você quer dizer, pergunto apoiando o pincel na bancada da cozinha. Não podemos permitir isso, você diz, não podemos deixar que as coisas nos possuam, ou o desejo de tê-las, ou as preocupações ou esta casa, não quero perder a nós, perder aquilo que somos, não quero perder você e nem tudo que temos juntos. Também penso assim, eu digo, é muito bacana quando você fala dessa maneira, mas não consigo relaxar até deixarmos esses cômodos com a nossa cara, simples assim, você sabe, eu já te disse. Mas eles ficarão com a nossa cara, depois de sabe Deus quantas demãos e reformas! você diz, não grite eu peço, não vá acordar as crianças. Não podemos deixar que as coisas nos possuam, você repete. O que você está dizendo, eu digo, nós não possuímos nada.

Faltam quantas brigas até você decidir me deixar?

Certa noite os três vomitaram, um atrás do outro, num intervalo de apenas duas horas. Primeiro na escada, depois na cama, em seguida no tapete do corredor. Mas só o primeiro vômito é uma surpresa, depois é só providenciar baldes e panos e sabão e álcool desinfetante. A coisa fica no automático. Você lembra de como trabalhávamos em equipe naquela época? Lembra? De como nos mantínhamos calmos. Fazíamos o que precisava ser feito, os colocávamos para dormir e depois limpávamos a sujeira. Trocávamos olhares, sabíamos imediatamente o que um faria e o que o outro deveria fazer. Com as coxas sujas de vômito você carregou os colchões para a sala, e as três crianças, uma por vez. E lá ficaram deitados, três corpinhos pálidos junto do balde amarelo lustroso. Poderíamos dar conta de mais cinco, eu comentei. Os dois mais novos voltaram a vomitar, nenhum dentro do balde. Pelo menos mais cinco, disse você correndo para pegar mais panos e mais um rolo de papel absorvente. Meu coração batia acelerado dentro do peito. Tudo que significava algo para mim estava ali naquela sala.

Costumávamos brincar de Polícia e Ladrão, os papéis pareciam feitos sob medida para nós. Não que importe tanto assim quem faz o quê, o segredo é permanecer interpretando o papel até conseguir o objetivo. O objetivo é a rendição completa da vítima. Quero dizer, da criança. Mas de repente você não está mais lá, fica até tarde no trabalho ou num curso, ou sai para comprar algo novo para substituir algum objeto que se estilhaçou. Então eu banco a policial boazinha. Sou paciente, falo baixo e devagar e com a voz doce, tentando ao máximo ouvir na mesma proporção que falo. O que você tem a dizer sobre o que aconteceu, por que bateu no seu irmãozinho. Assinto com a cabeça. Tomo nota das mínimas coisas que digo e as guardo no fundo do peito. Falo civilizadamente, argumento com calma, mas de repente quando eles se negam a responder ou me dão as costas ou bocejam para mim ou caem na gargalhada de uma maneira inaceitável, esses pequenos deslizes no sentido oposto, me dou conta de que são crianças e penso que merda, estou aqui dando tudo de mim para falar direito com pessoas que não me escutam e aí a coisa degringola, o semblante gentil some do meu rosto e troco de papel, agora sou MÁ MÁ MÁ e encarno a vilã, endureço a conversa, enveredo pelo insulto e pela punição, e aí nada pode me deter, nem lábios e queixos tremelicando, nem olhos que ficam marejados, porque a culpa é só deles, agora nem lembro qual é o limite, se é que existe um, sem você eu erro a mão.

O que acontece comigo afinal? Quando a ira se apossa de mim e já não há nenhum resquício de paciência ou bondade ou ternura visíveis, é algo que acontece gradualmente ou é como um interruptor que liga/desliga? Serei mais desse jeito ou do outro? Imagine que eu seja mais do outro. Que a raiva esteja no cerne, que seja a própria essência das minhas ações, algo que só excepcionalmente pode ser mantido sob controle. Surtos repetidos, um pior que o outro, uma síndrome que não tem cura. O que acontece afinal? Eu penso, faço, digo, peço, prometo, espero. Minha expectativa não é atendida. Eles ali sentados ou deitados ou correndo de um lado para o outro me desobedecendo e me contrariando. Depois de tudo que fiz, depois de tudo que aturei, depois de toda a paciência que demonstrei. Voz suave, movimentos previsíveis, mãos macias. Agindo de acordo com as regras, naturalmente. Mas e aí? E agora? Será que esta noite terei o tempo que tanto ansiava, a chance de pensar em paz, preparar a comida sozinha, ser um corpo sozinho? Não. O coração bate acelerado e ameaçador no corpo, o sangue ferve, eles chegam perto demais, eles demandam muito, jamais se saciam do meu cada vez mais diminuto eu. O que fazer? Como as outras mães conseguem? Penso no grupinho que viajou a meu lado no trem, uma mãe acompanhada de duas crianças pequenas, suponho que tivessem entre quatro e seis anos. Elas queriam, precisavam, demandavam incessantemente. E se isso for mesmo verdade, que crianças pequenas têm em média a necessidade de chamar a atenção três vezes por minuto, essa mulher, ao longo das duas horas em que a observei, teve a atenção exigida cerca de mil e duzentas vezes. O tempo inteiro ela reagiu às perguntas deles, às queixas deles, às birras deles com a voz calma, ora os ignorava, ora até sorria para eles e, em intervalos regulares, atendia a alguns dos desejos deles, creio que isso aconteceu numas dez ocasiões. Passei o tempo pensando: PRONTO. Agora ela vai dar um basta. Esses merdinhas não podem deixá-la em paz? Não estão vendo que a pobre está a ponto de explodir? Mas ela não explodia.

E fiquei sem entender. Pensei cá comigo: O que ela pensa que está fazendo? Algum tipo de truque? Talvez também devesse levar os meus para passear de trem, porque olhares alheios talvez os inibam, porque a paisagem em movimento tem um efeito calmante e os ajudará a se comportarem como gente, minha habilidade materna fará com que, em poucas horas, eles se transformem em outras pessoas, pessoas que sempre quis que fossem.

Eu as escalpelo com uma faca de cozinha. Não é tarefa fácil, a maior é supreendentemente pesada. Vai demorar muito? Vai demorar muito? Vai demorar muito? gritam eles, só mais uns cinco minutos, resmungo de volta, só mais cinco minutos, VOCÊ DISSE QUE NÃO IA DEMORAR! reclama um e eu digo que se for assim, com gritos e birra, com essa confusão toda, sem o mínimo de paciência e bom comportamento, para mim chega, não me custa nada deixar de fazer o que estou fazendo se eles não conseguirem ficar um minutinho que seja com a boca fechada, será que não conseguem? Não. Claro que não conseguem. É por causa deles que estou fazendo tudo isso, eu digo, por causa deles e de mais ninguém, a menos que vocês achem que eu me divirto com essa merda, você falou um palavrão, ela diz, sim falei porra! eu digo, passei a noite inteira esculpindo um legume, você acha que estou fazendo isso porque gosto, acha mesmo? Não. Claro que ela não acha. Duas horas depois, lá estamos nós carregando as abóboras ocas e decoradas para a escadaria da porta e acendendo velas no interior delas. Estamos fantasiados de fantasmas, Drácula e de bruxa velha malvada. Esperando. Lá vem alguém! cochicha um. Eu confirmo com um gesto de cabeça. Vozes pela estrada, risadas e apupos. Ponham as máscaras, digo em voz baixa segurando a maçaneta, a porta se abre lentamente rangendo, BUUUU! nós gritamos como combinado e os dois monstrinhos na escada tomam um susto, um deles deixa cair o gorro que lhe cobria a cabeça, o gorro rola pelos degraus e vai parar no cascalho lá embaixo. Oh, ele diz. Gostosuras ou travessuras, murmura o outro. MUITO BEM! eu elogio. A Drácula aproxima o saco com docinhos. Três para cada um, ela ordena. Nós não tínhamos coragem de vir nesta casa, diz o sem-cabeça. Não? eu digo. Ele abana a cabeça. Aqui é muito assustador. Que bobagem, retruco rindo o mais alto e demorado que posso, e bato a porta com força na cara deles. Então tudo fica em silêncio. Esqueletos chacoalham no teto, teias de aranha estremecem, a vela sobre a cômoda se apaga, a Drácula está furiosa. Mamãe! ela me encara. Por que você é desse jeito! Não vamos fazer amigos com você fazendo assim! Sabe do que mais, acabe já com isso, digo arrancando o chapéu de bruxa da cabeça. Os fantasmas choram. Estou só tentando ser um pouco engraçada aqui. Ela abana a cabeça, o fio de sangue escorre pelo canto da boca e pelo queixo, pescoço, peito. Vocês são muito ingratos, reclamo. Você precisa sempre ser tão ranzinza!? diz a Drácula cuspindo os caninos, eles resvalam no meu pé e é o suficiente, não consigo me conter, abro a porta e me agacho para pegar as abóboras e as arremesso para longe, as duas, até não ter mais nada para arremessar. Vão já para a cama — JÁ! ordeno. Tigelas e jujubas e velas e guloseimas e ranho e lágrimas por toda parte.

Num outro tempo qualquer eles eram mais tranquilos. Quando eu os punha para dormir, sorriam quando os acalentava, o brilho dos olhinhos em cada uma das camas era visível quando apagava as luzes, aqueles olhos encaravam os meus e eu ficava ali os observando adormecer, seus movimentos cada vez mais sonolentos, como se estivessem imersos em água, as pálpebras cedendo, a respiração cada vez mais lenta e finalmente relaxada. Quando se ama alguém a gente percebe isso. Eu tenho isso em mim. Num outro tempo qualquer havia apenas você e eu e outras versões das crianças. Não diga que jamais voltaremos a encontrá-las.

Ao sair dos aposentos, bato as portas com força. Tome cuidado, você disse, as dobradiças são velhas e podem soltar se você continuar agindo assim, você já devia saber disso. Falando em se soltar, eu digo então, você já reparou que o reboco das paredes externas está se soltando em dois locais? Já foi lá no sótão e sentiu aquele cheiro de podre, como se houvesse um bicho morto em algum lugar? Já viu os buraquinhos nos tacos do assoalho, a prova está lá pelo chão, montinhos de pó de madeira que um dia foi uma árvore. Já sentiu o fedor azedo entranhado no corredor dos quartos? Não reparou que as tábuas do assoalho estão se soltando quando pisamos nelas? Além disso, as telhas estão se desfazendo e os ratos estão cavando buracos enormes no gramado e tem um cheiro forte de mijo no banheiro.

Você me encara atônito. O quê, que montinhos, que cheiro, que fedor, que tábuas? Pare de fingir que as coisas que vejo e ouço não existem! eu esbravejo. Você precisa se acalmar, você diz, as crianças estão dormindo. Não! eu digo. Isso existe de verdade! O cheiro de mijo existe e existem ratos nas paredes e pombos no sótão e mofo nas paredes e cupim nas vigas e ferrugem no porão e a hera que está subindo pelas paredes e invadindo o sótão e as gralhas esganiçadas que estão em todas as árvores e os pardais que fazem ninhos nas calhas do telhado. Tudo isso existe! Por favor, você diz. Vamos cuidar de uma coisa de cada vez.

Não, não, não, não, o que não existe é isso de uma coisa de cada vez, uma coisa leva à outra, as preocupações não vêm organizadas em colunas e fileiras, as preocupações se precipitam como uma avalanche, os aborrecimentos se acumulam como torres que balançam e ameaçam ruir. Suponha que fomos iludidos, que o proprietário anterior sabia que isso aqui estava para desmoronar, suponha que foi por isso que nos vendeu a casa, suponha que foi por isso que ninguém queria comprá-la. Isso é bobagem, você pondera. Mas ninguém mais fez alguma oferta por ela, eu digo. Pelo menos não num valor decente, você diz. Imagine se você se cansar de tudo isso, eu digo, imagine que vai encontrar outra, mais jovem, mais sedutora, mais bonita, na merda daquele seminário que você vai participar, alguém que tenha uma mão boa para plantas e um senso estético apurado, imagine que você vá com ela para o quarto e me abandone, pense em tudo isso: A casa e as crianças e o jardim e tudo que achamos que nos une apenas nos destrói, pense que estamos estragando tudo, que brigamos demais e ouvimos muito pouco, imagine que eu não consiga parar, que me torne uma pessoa perigosa, que os arraste comigo por esse caminho, pense como a vida deles será, pense, pense, PENSE! digo sem conseguir parar.

Ora, essa! Ninguém deve se preocupar com a decadência. Ninguém deve se preocupar com a velhice. Ninguém deve se envergonhar pelas pernas que enfraquecem, pelos braços que perdem o viço, pela barriga que nunca voltará a ser durinha, pelas unhas amareladas nos pés, ninguém deve achar que a própria pele é como uma mobília que acabou de receber um lustro. Ninguém deve se ater a esses detalhes. Ninguém deve maldizer o fluxo do tempo, ninguém precisa sofrer. Somente pessoas superficiais lamentam diante de fotos de si mais jovens, de oportunidades perdidas. Somente pessoas superficiais acham difícil confrontar a face do seu eu adulto no espelho. Não mesmo. É preciso uma atitude curiosa diante de cada novo sinal da idade que se descortina. É preciso abrir os braços à idade. Porém durante alguns nanossegundos me pego pensando: Queria a companhia de um idoso aqui, vovó por exemplo, para me ajudar a compreender isso tudo, a registrar, a aceitar. Creme antirrugas? ela desdenharia. Superalimentos? ela cairia na risada. Dentadura? O que é isso? ela perguntaria. Primeiro vêm as rugas, depois caem os dentes, por fim a boca despenca deixando um buraco no rosto. O que passou, passou, e o que já era, já era. É assim que é.

Pare já com isso, você é linda, você diz e se volta para a assadeira. Não sei ao certo se é com a massa de pão ou comigo que você está falando, sua atenção está voltada para a massa de pão.

Como é possível amar e este amor ser percebido pelo ser amado?

Respondo que sim quando você me pede para alimentar o fermento enquanto estiver fora. Também digo que não irei me esquecer. É um trabalhinho de nada que, em princípio, não deveria tomar nem dez minutos. Por exemplo, logo depois do café da manhã. Mas então é a caixa de leite que cai no chão ou alguém que precisa fazer cocô ou dois que brigam ou uma gata que quer sair ou alguém gritando no andar de cima, o tempo todo surge um imprevisto, algo não planejado, não lembro exatamente o quê. Deve ser também por causa desse calor, desse sol que arde o dia inteiro. O que o pobre de um ser humano pode fazer. No terceiro dia, escrevo um bilhete para mim mesma e o penduro na geladeira, "LEMBRAR DE ALIMENTAR O FERMENTO". Então não é porque não tento. O que foi então que aconteceu, você se pergunta. Você sabe muito bem como é a vida, eu digo. Não, você diz. Me conte. Eu não fazia ideia de como a vida é. Você faz isso de propósito? Precisa mesmo destruir tudo que eu gosto?

Ligam do jardim de infância, uma voz jovial pede mil desculpas. Um deles sofreu um pequeno acidente, parece que subiu numa cadeira alta num segundo de distração e, infelizmente, não foram rápidos o suficiente para evitar. A voz jovial titubeia, lamentamos muito, ela diz, era só para avisar, para que vocês não se assustem quando virem o galo na testa dele e a mancha roxa. Assim já ficam preparados. Do contrário poderiam achar que a coisa foi mais grave. Relaxe, eu digo, nós não vamos achar nada. Crianças vivem caindo, batem em portas e tropeçam nas soleiras ou despencam de brinquedos e batem a cabeça em gavetas abertas, acontece, não é culpa sua. Obrigada, ela diz, é muito gentil da sua parte, mas é claro que seria melhor se elas voltassem do jardim de infância sem machucados pelo corpo. Claro, eu digo. Crianças inventam cada explicação para o que acontece...

Quanto tempo dura um hematoma, quanto tempo o machucado permanece no corpo?

Semana com o pai mais uma vez. Já na primeira tarde eles demonstram que estão com saudades dela. Querem fazer uma surpresa quando ela voltar para casa. Maquiagem? Não. Refrigerante? Não. Que tal frutas? Sim, ela adora frutas, eles concordam. Lá no jardim, cada um planta sua sementinha de nectarina numa caixa. Um deles faz dois buraquinhos, o outro deposita solenemente as sementes lá dentro. Depois cobrem os buracos com terra e ficam um instante admirando o trabalho que fizeram. Vai ser uma árvore bem alta. Duas árvores bem altas. Ela vai ficar muito feliz. Um montão de frutas. Eles se voltam para a casa e saem caminhando de mãos dadas. Ajudam um ao outro a limpar a terra dos joelhos, lavam as mãos juntos na pia do banheiro. Durante o jantar os dois ficam quietos, seus olhos parecem olhar para dentro. Mamãe. Será que ela está com saudades da gente também?

Em duas semanas vai fazer sete anos que nos conhecemos. Dez dias atrás ela perdeu o primeiro molar. Se vamos sair de férias é bom nos apressarmos, faltam só quatro meses, os lugares ficam lotados, as pessoas costumam reservar antecipadamente, as pessoas enlouquecem. De repente, vou fazer cinquenta, sessenta, setenta, morrer. As mulheres da minha família não são muito longevas. Em uma semana vai fazer dois anos que eles largaram a chupeta. Em mais dezesseis anos talvez já tenham até ido embora de casa. Hoje briguei com eles dezenove vezes. Quantas vezes eles riram? Faz sete semanas que transamos. E nove semanas até a próxima, e mais cinquenta e quatro dias para a vez seguinte. Há exatos dois anos e oito meses você bateu os olhos naquele maldito anúncio da imobiliária. Não entendo como você consegue lembrar desses números, você diz, muito menos por que faz essas contas.

Piolhos, aranhas, grilos, ninhos de pardais nas calhas, gralhas no telhado, traças, ratos, moscas, besouros grandes, besouros pequenos, lacrainhas, vespas, percevejos, o esqueleto de um burrico. Barulhos e rangidos, rachaduras e frestas, zumbidos e estalos, acalantos e sussurros. E um camundongo se esgueirando pela parede enquanto dobro as roupas, a gata e eu levantamos a cabeça ao mesmo tempo e ficamos assistindo a ele rastejar pelo velho tapete, apenas acompanhando tudo com o olhar. As moscas zumbem, uma motocicleta acelera e para, acelera e para, acelera e para, a portinhola da caixa de correio range, a secadora sacoleja, a máquina de lavar estremece, a água escorre, o assoalho racha, as janelas batem, a lava-louças apita, a massa de pão fermenta, os cupins mastigam, o gesso trinca, as telhas despencam, os talos das roseiras se partem, as unhas racham, os dedos estalam, dois esquilos na TV riem, o menino que voltou do jardim de infância quer uma maçã.

Assim que o filme termina ele quer brincar com o trenzinho e depois pede um suco. Ou uma fatia de pão, ele não sabe. Talvez um biscoito, tem biscoito? Falta muito para o jantar? O que estão fazendo no jardim de infância agora? Não podemos telefonar e perguntar? Talvez ele também pudesse ensaiar para a parada da independência? A febre cedeu, ele quer uma panela e uma colher de pau para improvisar como tambor. É possível? Por favor? Ou algum instrumento para tocar? Ele pode usar o xilofone dela. Ele promete que terá cuidado. Ele sabe todas as melodias, ele sabe a letra, escutem! o rádio anuncia na cozinha, foi a semana de poesia no jardim de infância, ouçam! ele rapidamente empurra o xilofone de lado e se põe de pé e dispara na direção de onde vem o som, o semblante completamente atento, o cenho franzido, os lábios se movem, a voz infantil toma conta do ambiente, e a letra diz Só o irmãozinho conhece essa canção que é demais. Só o irmãozinho e ninguém mais.

De manhã você se levanta da cama pelo seu lado, como se o outro lado não existisse, como se não houvesse alguém deitada ali. Acho desnecessário mencionar que você não me deu um beijo de bom dia. À noite é minha vez de desabar no meu lado da cama, como se o outro lado não existisse, como se já não houvesse alguém deitado ali. É desnecessário mencionar também que sequer encosto na sua pele. Se procurarmos bem, quem sabe ainda exista ali um calor discreto e distante?

Eu me lembro das suas mãos. Uma cerveja numa e o jornal debaixo da outra e apenas uma mesa nos separando. Uma manhã num café francês. É assim que me lembro delas, civilizadas e frias, belas e ásperas, gostava de admirá-las segurando objetos e executando tarefas absolutamente ordinárias como pegar o moedor da cestinha e moer a pimenta, como meticulosamente limpar com o garfo os restos amarelados de ovo que escorriam do meio da faca, como pressionar o guardanapo nos cantos da boca, dobrar o jornal ao meio, a determinação, a força, a tensão nos seus dedos, eu me lembro tão bem do que eram capazes.

Agora precisamos nos apressar e terminar de comer, eu digo, agora precisamos parar de falar coisas feias, agora precisamos nos comportar, eu digo, agora é hora de parar de brincadeira, agora precisamos escovar os dentes e pôr os pijamas, agora precisamos ir dormir, agora precisamos ficar quietinhos para a cabeça da mamãe não explodir, mamãe está ficando louca.

Agora precisamos evitar que você não fique de um lado para o outro dando bronca neles o tempo inteiro, você diz.

Estão construindo uma cidade. Ela dá as ordens, a rua precisa passar por ali, o aeroporto fica ali, as casas aqui, a represa acolá, o zoológico lá no fundo. Bloquinhos azuis são a água. Bloquinhos redondos são a rua. As peças menores somente ela pode tocar. E nada de plantas ou placas ou animais ainda, só no final. As ordens são obedecidas, os blocos são encaixados uns nos outros e arrastados pelo chão. Eles se concentram e conversam em voz baixa. Então, de repente, ela eleva o tom de voz e grita para não colocarem os animais na água, está vendo, agora eles vão se afogar, eles não sabem nadar. Sabem sim, diz um. Não, diz ela. Sabem sim, diz o outro. NÃO, diz ela. Esses bichos aqui não sabem nadar. Seus burros. Vocês estão fazendo isso de propósito. Vocês estão destruindo tudo que eu gosto.

De onde veio a ideia de que tínhamos superpoderes, de que éramos capazes de suportar qualquer coisa. De onde veio a coragem para seguir em frente, obedecendo a todos os impulsos possíveis. O que nos levou a crer que éramos invencíveis, que bastava não se estressar pensando no trabalho, na casa, nas dívidas, nas crianças, nas obrigações. Quem disse que o amor resiste a tudo?

Alguém que não tinha filhos.

Pegamos a rodovia E6 rumo ao norte, uma das primeiras viagens que fizemos juntos, eu estava dirigindo. Deus me livre de ser dessas mulheres que se sentam no banco do passageiro e ficam tricotando, gosto de estar ao volante. Sim, é verdade. Não, não estou cansada. Não, não quero deixar você dirigir um pouco. O jeito como você olhava para meu rosto, imagino minha aparência de perfil, meus seios debaixo daquele suéter de lã novo e minha barriga, lisinha de tanta paixão. Quando você põe a mão na minha coxa e diz que sou linda e eu, concentrada, finjo não ligar. Retrovisor, espelho lateral, olhos na estrada, portas destravadas. Seus dedos se movem para cima, um pouco mais, a pele arde sob a roupa. Penso nos filmes que assisti, nas blusas deslizando pelos corpos e nos zíperes abertos, em todas as ações que podem ser executadas numa velocidade relativamente alta. Dedos que sabem o que estão fazendo, respiração acelerada. Orgasmo a oitenta quilômetros por hora. Merda! você diz do nada e agarra o volante, faz uma curva brusca para a direita, o que você está fazendo, você suspira, essa foi por pouco! O caminhão passa de raspão buzinando, uma forte rajada de vento atinge a lateral do carro, não, o que é que VOCÊ está fazendo, eu digo. Nós rimos. Nós não morremos, essas coisas acontecem. Mas sim, talvez devêssemos fazer uma pausa. Na primeira oportunidade desvio o carro para o acostamento, estaciono próximo ao banheiro de um camping, entre dois trailers, qualquer um pode nos ver, qualquer um pode nos ouvir, não me importo. Eu quero você, eu tenho você, você me quer, você me tem.

Todo dia, toda noite é uma nova oportunidade. Quando eles acordam é por mim que chamam. Oi queridos, eu digo e os abraço, os levo ao banheiro, ela levanta a tampa do assento e se senta. Dormiu bem? pergunto. Ela sorri enquanto demora para fazer xixi. Assim que termina, limpo a privada e o chão sem fazer nenhuma observação ou reclamar. Nesses instantes fico tão próxima. Quando os pequenos tomam banho e se divertem brincando com os dedinhos dos pés e das mãos, aquelas duas barrigas que flutuam na água da banheira, olha mamãe olha! e eu olho e me recordo, cada um tem apenas quatro anos, ambos se deitam atravessados na banheira que ainda é larga demais para acomodá-los. Ou quando correm diante de mim até o mar e tudo está ensolarado e encantado, um dia também fui criança, um dia essas crianças também irão crescer e aqueles rochedos ainda estarão a mercê das ondas, repousando eternamente sob o sol, corpos que descendem de corpos mais antigos, rochas e água e tempo e raízes que a tudo conectam. Numa fração de segundo eu os olho nos olhos e não enxergo uma extensão de mim mesma, mas algo completamente diferente.

Não se pode dizer palavrão e não se pode dizer não. Não se diz mais educar, se diz orientar. É preciso brincar com a criança, o riso fortalece o relacionamento e a autoestima infantil. Não se diz mais maternidade como sinônimo de educação infantil, diz-se controle de conduta. Não existe mais raiva da criança, o termo agora é abuso psíquico. Lembre-se de que emoções fortes contaminam. Se você sentir raiva, seus filhos também sentirão raiva. Se estiver tensa, seus filhos reproduzirão essa tensão e ficarão irritados. Nunca peça para que seus filhos a olhem nos olhos quando você os estiver repreendendo. Não faça contato visual por mais de três segundos quando estiver os repreendendo ou numa situação de conflito. Dê um passo atrás. Não fique muito próxima, isso aumentará o estresse da criança. Sente-se se a criança estiver inquieta, ou encoste-se na parede. Respire fundo e relaxe os ombros. A tranquilidade é tão contagiosa quanto a raiva e o estresse. Procure conduzir em vez de controlar. Faça algo que induza a criança a pensar em outra coisa. Não diga pare de chorar. Se precisar tocar na criança, seja gentil e acompanhe o movimento dela. Nunca contenha uma criança, a menos que haja algum perigo iminente. Respire fundo, modere o tom de voz. Todos esses conselhos estão diretamente relacionados ao seu estado de espírito. Se você não conseguir se acalmar, afaste-se dali.

Mas aí começo a gritar de novo. O que foi agora!? O QUE FOI AGORA!? e você se agacha e consola e abraça e faz carinho nesses meus pequeninos chorões, talvez mamãe precise dar uma volta lá fora hoje, você diz, talvez mamãe precise de uma pausa.

Se você pesquisar em certos fóruns, se ler certos comentários, descobrirá outros pais que imobilizam crianças, que esperneiam, que se sentam sobre elas no chão e as contêm, outros pais que extrapolam em muito os limites, que gritam e xingam e ameaçam os filhos, outros pais que tampouco conseguem parar, que perdem a paciência, que gritam, que vociferam e rugem as palavras do fundo do peito e batem as portas, outros pais que não conseguem desviar, abrem a porta, entram e dão aqueles dois passos na direção da cama, debruçam-se sobre a criança soluçando e pedem desculpas, meu menino, desculpas, minha menina, perdão. Outros pais que também se sentam na bancada da cozinha e escondem o rosto na palma das mãos. O que foi que eu fiz o que foi que eu fiz o que foi que eu fiz. Até na violência existe solidariedade. Mas onde está o consolo nisso.

Pela manhã acordo com o toque do corpo dela, a pele infantil macia e quente, seu rosto a poucos centímetros do meu. Ela está quieta, olhando para mim. Meus olhos azuis. Minhas sobrancelhas tortas. Meu diastema. Meu temperamento? Dormiu bem. Ela assente com a cabeça. Acaricio seus cabelos, bochechas, ombros, braços, minha mão repousa sobre seu queixo e fica ali, nós duas nos entreolhando, seus olhos são tão azuis. Não sei o que ela estará vendo ou pensando. Jamais terei uma visão completa da sua realidade, jamais poderei interferir na vida dela como posso interferir na minha. Está pensando no quê, pergunto num sussurro. Hoje é sábado? ela sussurra de volta. Podemos comprar doces?

Mamãe, por que você está me olhando assim?

Olhando assim?

Sim.

Porque te acho legal.

Legal como?

Linda, doce, engraçada, forte, única.

Mas você parece tão estranha.

É mesmo?

Sim. Não deite assim. Não faça essa cara.

O que sou senão uma tola apaixonada zanzando ao redor deles, estabanada e com medo de cometer erros, que não sei nem como devo me aproximar daqueles corpos tão pequenos? Como fazer o que é certo? Como ser quem quero ser, quem devo ser? Presto atenção em cada milímetro de pele da superfície deles. Onde ela está agora, o que está aprontando com aquilo lá, por que ela está dizendo isso, no que ele estará pensando, do que se lembram e por quanto tempo, por que ela me olhou daquele jeito?

A gata era preta com a ponta do rabo branca, eu a retirei cuidadosamente da gaiolinha, as crianças ergueram os braços no ar para alcançá-la, deixa eu ver mamãe deixa eu ver mamãe DEIXA EU VER! Cuidado com ela, disse tentando acalmá-las, ela é um ser vivo, está com medo, sejam bonzinhos. Elas balançaram a cabeça. Começaram a falar baixinho, sussurrando, deitaram-se no chão, me agachei e deixei que acariciassem o corpo peludo e quente. Mal tocaram as costas dela com o indicador, pronto! eu disse, já chega, e eles recuaram. A gata girou a cabeça e olhou para mim. Mais um par de olhos me encarando suplicantes. Um novo par de olhos me exigindo, me implorando, um novo corpo com necessidades para serem atendidas, uma nova alma precisando de cuidados. Eu queria uma branquinha, balbuciou um. Isso são modos de agradecer? disse eu girando nos calcanhares, o sangue subindo à cabeça, o coração palpitando. Rápido, rápido, rápido, me ajudem: Como é que um adulto deve falar?

Como você está sendo assim tão ingrato pode ir já para o seu quarto, mas ele não obedece, quer ficar de castigo, então é isso mesmo que você quer, hein? e ele abana a cabeça e não quer escutar, castigo, eu digo e o arrasto pelo meio da casa, pelo assoalho de madeira, pela soleira das portas, pelos tapetes desbotados, ele se emaranha nos panos caídos pelo chão e tenta resistir até que finalmente chegamos ao final do corredor, abro a porta do quarto e o empurro para dentro, agora você fique aí pensando no que fez! Você não pode fazer essas coisas. Não! ele grita, abra a porta mamãe, abra a porta! Eu vou ficar bonzinho! Tem certeza, pergunto, tem certeza de que vai conseguir ficar bonzinho, como posso ter certeza de que você não vai voltar a ser malcriado e ingrato novamente assim que eu tirar você do castigo, não quero mais saber desse mau comportamento, está ouvindo? Ele não responde. Então você vai ficar aí mais um pouco, eu digo. NÃO! ele chora, vou ser bonzinho mamãe, vou ser bonzinho. OK, então vou lhe dar uma chance, eu digo, e então abro a porta e ele estende os braços para mim, desculpa mamãe, diz ele soluçando e vindo me abraçar, desculpa mamãe.

Como é possível amar e este amor ser percebido pelo ser amado?

Você não pode simplesmente comprar um animal sem me perguntar, é muita irresponsabilidade sua, você disse. Em primeiro lugar, ela não foi comprada, ela não custou nada, foi adotada, eu disse, e em segundo lugar, você não é um chefe que fica dando a palavra final sobre tudo e em terceiro lugar, você não deveria por acaso demonstrar algum reconhecimento por eu estar tentando fazer um bem para as crianças? Você não se dá conta de que animais de estimação dão uma sensação de segurança, que o simples miado de um gato é em si algo relaxante? Além disso ela pode dar cabo de camundongos e ratos e de todos aqueles bichos que rastejam pelas paredes e entram no sótão e da porra dos grilos que ficam cricrilando o tempo todo. O único problema de ter um gato que me ocorre agora é que nunca tivemos um gato antes. E quem você acha que vai cuidar dela, você disse. Eu! eu disse. Eu e as crianças! Você vai cuidar de uma gata, você disse. Relaxa! eu disse, você não precisa fazer nada, fique com suas plantas, pode passar o dia remexendo naquela merda de jardim fingindo ser uma pessoa legal, nós tomaremos conta dela sem você, nós vamos cuidar dela muito bem sem a sua ajuda!

Ei, que é isso, vamos tomar um vinhozinho e relaxar um pouco. Não. Não vamos. Vamos ficar aqui sentados, em completo silêncio.

Assim que nos deitamos eu digo que o seu silêncio é a pior coisa do mundo. Você não responde, fica com os olhos vidrados no telhado. Como foi que viemos parar aqui, eu digo. Você não me toca mais, você não me olha mais nos olhos, você não me ajuda mais com as crianças, não estamos mais juntos. Juntos, você diz. Preste atenção em como você fala. Como se precisássemos fazer todas as coisas juntos aqui nesta casa, como se isso fosse uma guerra, como se você quisesse que eu tomasse seu partido nela. Espere aí, eu digo. Não ponha palavras na minha boca, você sabe tão bem quanto eu que deveríamos estar juntos, e que já estivemos juntos. Não estou falando de guerra nenhuma. Mas guerra é o que você faz, você diz. Guerra contra eles e guerra contra mim. Você grita e dá escândalo e marcha pela casa com raiva de tudo e de todos, e espera que eu faça o mesmo, tome parte na sua guerra, é disso que você sente falta? Por acaso quer que eu grite e faça ameaças a eles, logo eu? Você se sentiria melhor se eu agisse assim? Ajudaria se eu também deixasse nossos filhos apavorados? Espere um pouco, eu digo. Se é assim que você se sente, que eu os deixo apavorados, você bem que poderia intervir, ou não? E não ficar aí de braços cruzados fingindo que não sabe o que está acontecendo. Você bem que poderia tentar me impedir, ou não? Mas não. Você só quer ser o bonzinho. Você quer concordar com tudo. Você só quer que ser o amado e adorado, mas sabe do que mais? Você tem ideia do que faz quando sai pela casa com esse sorriso inocente no rosto dizendo opa, o que é que está acontecendo aqui? mas não se preocupa em saber de verdade, simplesmente dá as costas a tudo e nega a realidade? Você consegue perceber isso? Quer saber, VOCÊ É CÚMPLICE!

Estou acordada, ou talvez não tenha nem dormido? Você como sempre se levanta da cama ao meu lado. Para onde vai, não pergunto, pois o azedume da discussão ainda permanece no meu corpo, os olhos ainda estão inchados de tanto chorar, não há palavras possíveis para esse instante. Duas e vinte. Os degraus da escada rangem, a porta da frente se fecha. A casa está em silêncio. Estamos numa guerra? Eu ganhei ou perdi? Passam-se cinco minutos, dez, quinze, e então também me levanto da cama. Noite dos infernos, lua dos infernos, jardim dos infernos. E lá avisto você. Entre a macieira e o arbusto de magnólias, que você tanto fez para florescerem, o que está fazendo, arrancando e quebrando os galhos e os atirando no chão, correndo na direção da estufa com uma pá nas mãos, abaixando-se e destruindo as plantas, quebrando os vasos, precipitando-se sobre os canteiros de rosas e as arrancando do solo, pisoteando em tudo, depois nas ervas, arrancando-as pelas raízes, atirando-as nas groselheiras, espalhando o adubo sobre a grama, com uma fúria capaz de destruir uma cidade inteira apenas com as mãos nuas, com um ódio capaz de matar qualquer coisa, uma sombra ágil e escura e furiosa, mas não estou com medo, não é por isso que estou chorando. Fico quieta atrás das cortinas, jamais havia me sentido tão próxima a você.

Seu amigo psiquiatra infantil chega para visitar sem avisar. De repente ele estanca no meio da cozinha, sorrindo condescendente. O que terá visto. Será que acabei de bater uma porta ou briguei com alguma das crianças. Desculpe, até telefonei, mas ninguém atendeu. Ele conta que começou a trabalhar num local para famílias que precisam de supervisão e acompanhamento mais demorados, uma espécie de lar adaptado, chamado Lar da Vontade. Para pessoas que enfrentam desafios enormes, ele explica, famílias que antes costumavam se dar bem. Mas na maioria das vezes a casa é frequentada por famílias com crianças muito pequenas, cujos pais podem estar em risco de perder a guarda. Explico que não compreendo como é possível essas coisas funcionarem na prática, quem consegue desempenhar um papel assim durante dias ou semanas. Ninguém, ele diz. Não acredito em nada disso, eu digo. Mas claro que as pessoas estão mudando, ninguém mais sacode os filhos diante de uma câmera ou de um policial. Não, ele diz. Não num primeiro impulso e talvez nem no terceiro nem quarto nem quinto. Mas no fim, acabam perdendo o controle. No fim a máscara cai e lá estamos nós, quando tudo desaba e somos tomados pelo ódio.

E quanto às boas intenções? Vocês as levam em conta quando os especialistas do Lar da Vontade se reúnem para tomar uma decisão? E quanto à ternura quando as crianças estão dormindo? E as carícias que as mãos fazem no escuro. Os pensamentos amorosos. As palavras que deixam de ser ditas e ficam presas na garganta.

Amanhã serei boazinha.

Mas então a gata surgiu do nada e assim que estiquei a mão para lhe fazer um carinho ela avançou nos meus dedos e me deu uma mordida, e de repente minhas mãos agarraram a bichinha e a ergueram diante do meu rosto e eu a sacudi ali mesmo enquanto minha boca dizia sua merdinha, não faça isso! e depois as mesmas mãos a trouxeram de volta ao chão onde ela deitada de costas tentava se desvencilhar para em seguida disparar para fora do quarto, vão já se deitar, digo para eles que de repente estão perfilados no alto da escada, assustados, DEIXEM DISSO, ela é uma gata, ela aguenta essas coisas, eu digo, NÃO, chora um, você não foi legal, mamãe, você precisa ser legal. Ouço os soluços depois que o deitei na cama e o enrolei no edredom e saí do quarto fechando a porta, desci as escadas e me sentei no sofá, o tempo passou, lá fora escureceu e não tenho ânimo nem mesmo de acender as luzes.

Tudo que queria é um espaço tranquilo para me concentrar na tarefa, tudo que peço é um minuto de tranquilidade para ser a mãe que estou tentando ser.

No escuro não vejo diferença entre eles. Ele ou ele está de pé ao lado da cama, ele ou ele segura nas mãos o edredom. Mamãe, estou com medo.

Venha aqui, digo baixinho e abro espaço no sofá. Minhas mãos o reconhecem, as mãos não carecem de luz. Sinto os pés frios nas minhas coxas, os prendo entre os dedos e esfrego para esquentá-los. Ele choraminga, não faz resistência, olha para mim e olha para mim e olha para mim. Ficamos deitados rosto contra rosto e seu olhar à noite é negro e reluzente, logo ele insinua um sorriso, logo seus olhos se fecham novamente. Melhor agora? Ele balança a cabeça lentamente. Então aninho cuidadosamente o edredom em torno do seu corpo e o beijo no nariz, bem no alto, bem onde as sobrancelhas se separam, um lugar quente e macio, anatomicamente adequado. Boa noite, meu menino, cochicho em seu ouvido e envolvo o braço em torno daquele corpinho macio.

Isso se repete. Uma noite, duas noites, cinco. Começa a se desenhar um hábito, um mau hábito, posso escutá-lo antes que a porta se abra. Os passos trôpegos, mas decididos sobre as tábuas do assoalho no escuro, uma criança de quatro anos que não respeita o sono do restante da casa. Quando ele entra no quarto escuro já me encontra sentada. Está com sede, pergunto. Mas não, não é isso. Ele está com medo. Jogo as pernas para fora da cama e finco os calcanhares com força no chão. De novo? Ele assente. Medo. Não consegue dormir. Volte para cama, ordeno. Mas, ele diz. Não, eu digo, e cale a boca. Deixe ele falar mamãe, você diz com a voz sonolenta, volte para sua cama, meu filho. Mas ele não move um músculo. Sou eu quem tem que fazer isso? sussurro na sua direção, você não responde, você vira de lado. Dou um suspiro profundo e ponho a mão sobre o ombro dele. Venha, digo em voz baixa. Empurro-o para fora do quarto, através do corredor, pelo vão da porta entreaberta, sobre o tapete, até chegar na cama dele, posso cantar uma musiquinha para você dormir, eu digo, mas você precisa dormir, não pode ficar perambulando pela casa a noite inteira. Dorme menino, eu canto. Boi da cara preta, eu canto. Agora o dia terminou. Seus olhos reluzem negros. Você precisa dormir, cochicho em seu ouvido. Não, ele cochicha de volta. Estou com medo. Que bobagem, resmungo. Ele fecha os olhos. Ali mesmo eu fico, com o colchão e o travesseiro e a cabeça dele no meu colo, olhando para aquele rosto liso que finge dormir. Estou tão cansada. Quando foi a última vez que dormi uma noite inteira, ou metade da noite ou um quarto da noite sem ser despertada? Alguém quer água, alguém fez xixi na cama, alguém tossiu, alguém sonhou, alguém deixou o edredom cair no chão e acordou com frio, alguém escutou monstros debaixo da cama, alguém vomitou, alguém veio se deitar na nossa cama pelo menor dos motivos. Boa noite, desejo num sussurro e vou me esgueirando na direção da porta. Ele começa a choramingar. Pare, eu digo. Mas estou com medo, ele diz. AGORA JÁ CHEGA, eu digo. Mamãe está CANSADA, mamãe precisa DORMIR, já está TARDE. Seu lábio inferior começa a tremer. Por favor, eu digo. Olhe aqui, vou congelar se ficar aqui sem dormir, você quer que eu fique aqui até amanhã, é isso que você quer? Ele não responde. OK então, eu suspiro. Mas isso NÃO está certo, só para você saber. E NÃO vai se transformar num hábito. Mamãe é grande demais para esta cama. Ele olha para mim. Aquilo foi um sorriso?! Você precisa dormir bem quietinho, eu sussurro. Agora que estou aqui, você não tem mais motivo nenhum para choramingar. Não estou choramingando, sussurra ele. FIQUE QUIETO, ordeno. Ele se vira de lado. As tábuas do estrado e as faixas que as prendem machucam minhas costas, quantos quilos pode suportar uma cama infantil afinal? Nós não vamos conseguir dormir deitados desse jeito, eu digo. Ele se afasta para mais perto da parede. Isso não tem sentido, essa bobagem e você NÃO ouse achar que vai ser assim daqui por diante, eu insisto. O corpo dele fica quieto agora, a nuca a dez centímetros do meu rosto. Eu olho para o teto. Ótimo. Que bom. Agora a noite inteira está arruinada e amanhã estaremos exaustos e irritados, os dois, apenas porque você não consegue ser um menino crescido e dormir sozinho. Mamãe, murmura ele. Psiu.

Ele está sofrendo de terror noturno, você constata depois de passada uma semana, você vai buscar uma velha cama de campanha no sótão. Nas semanas seguintes você dorme no chão entre eles e tudo que penso é no que amigos e familiares vão pensar quando vierem nos visitar, você não pode ao menos recolher a cama de dia, eu digo, fica parecendo que você se mudou do nosso quarto e abandonou nossa cama e a mim. Você não responde. Então eu trato de responder. De novo sou eu, eu, eu. Porque não percebo que a criança que chora está realmente assustada, porque presumo que ele esteja jogando algum jogo, porque não acolho os sentimentos dele, as lágrimas dele, porque brigo com ele: Você está arruinando minha noite de sono. Eu, eu, eu. E você, por sua vez, depois que identificou aquele padrão, pesquisou na internet, leu livros e afirmou categoricamente que terrores noturnos são comuns e passageiros nessa idade, vai tranquilamente até ele e o consola, pois percebe o medo e se identifica com ele: Ele não está brincando. É terrível. A qual mãe ele poderá pedir socorro senão a mim. Qual mãe poderá consolá-lo, senão esta. Quais crianças me ensinarão a fazer sacrifícios, a ser paciente e carinhosa, senão estas? Alguém venha aqui e me bata com força para me fazer sentir, alguém brigue comigo da mesma maneira como brigo com eles, para me obrigar a entender que eu não sou a prioridade. Não, não me obriguem a entender, me obriguem a agir. Afastem de mim meu miserável e insignificante eu, que por desespero confunde cuidado com autodestruição. Desculpe, meu filho. Desculpe, desculpe, desculpe. Por favor, me deixe tentar de novo. Me acorde de novo. Sussurre para mim de novo e diga: Estou com medo. Chore para mim de novo. Me peça para cuidar de você mais uma vez. Na próxima vou conseguir.

A gata está perdendo pelo. De início, noto uns emaranhados na pelagem, mas quando tento escová-la a coisa só piora. Tufos se soltam, talvez uma tosa ajudasse, não isso não, digo à veterinária. Nada ajuda, ela só piora, olhe só como até parece que ela tem sarna, ela tem sarna? A gata está deitada na mesa de exame. Assim que a retiramos da gaiola de transporte ela sibilou e guinchou, mas agora desistiu. Acho, diz a veterinária enquanto a gata se debate sobre caspas e tufos de pelo branco, que essa perda pode ter a ver com algum estresse. Houve alguma mudança na vida dela ultimamente, na rotina diária, consegue pensar em algo? Estresse, eu digo. Falando sério, com que uma gata pode se estressar, ela só dorme e caça e come e dorme de novo? Oh, o estresse pode ser decorrente de muita coisa, explica a veterinária. Pode ser saudade de pessoas a quem ela estava ligada, mudanças geográficas, ou pode ser um estresse por causa de conflitos, transtorno mental e depressão. Uma gata? eu digo. Transtorno mental numa gata? Em primeiro lugar nas pessoas, esclarece a veterinária. Mas gatos são mesmo estranhos, são temperamentais e reagem às mudanças, é incrível a capacidade que têm de sentir as coisas e, sim, na pior das hipóteses acabam assimilando tudo, sabe. Concordo com a cabeça. Não sei o que ela está querendo dizer, quer dizer, sei, sim. Como é possível curar uma gata deprimida, pergunto, quer dizer, se esta gata estiver mesmo deprimida? Não existe uma receita simples, diz a veterinária. Dito isso, existe um spray, um spray de feromônios, sabe, aqueles hormônios que a gata produz na gravidez, para que os filhotes reconheçam a mãe e se sintam seguros. É só comprar o spray e borrifar na cama ou na casinha da gata e em outros locais onde ela costuma ficar. Funciona em humanos também? quero saber. Isso já não sei, responde a veterinária. Mas deviam fazer um desses para humanos, ela ri. Sim, seria um remédio e tanto, você é mesmo engraçada.

Então ligam da escola, ela tem se comportado de maneira violenta ultimamente, agride outras crianças, tanto mais velhas como mais novas. Bate, chuta, morde, belisca, aperta, arranha, empurra e não desiste até que alguém a contenha. Se precisar tocar na criança, seja gentil e acompanhe o movimento dela. Nunca contenha uma criança, a menos que haja algum perigo iminente. Tentaram ter uma conversa com ela. Mas não conseguiram chegar a lugar nenhum, ela não dá nenhum sinal de que está arrependida. Ela é mesmo uma menina muito especial, eles dizem.

POR QUE VOCÊ NÃO ME QUER MAIS? não ouso dizer em voz alta, pois não quero ouvir a resposta. Pela manhã me irrito com coisas que não são dignas de irritação, não me recordo de exemplos concretos. A situação se agrava enquanto estamos a caminho da porta, primeiro brigo com eles, depois com você, por que não briga junto comigo, por que não me apoia, pare com essa conversa de não me apoia, você diz, nós precisamos reclamar das mesmas coisas ao mesmo tempo, não, nós não precisamos, digo e todos se calam, durante o percurso inteiro ao jardim de infância e à escola todos ficam em silêncio, até você soltar o cinto de segurança para descer do carro, nesse momento me inclino para lhe dar um beijo. Seco, rápido. Digo: Tenha um bom dia, amor. Passo a tarde fazendo trabalhos domésticos, faxina pesada. Ponho-os para dormir sem paciência. Fiquem quietos. Fechem os olhos. Durmam. Toda noite temos a casa só para nós durante algumas horas, talvez seja exatamente aí que outros casais... Não, não sei o que outros casais fazem. Não sei de nada. Não devemos nos comparar com outras pessoas. Nós nos tratamos com respeito, pode passar o jornal, por favor, claro, quer chá, não obrigado. Não vamos brigar. Não acho que seja uma coisa do outro mundo você ficar atrás de mim e pôr as mãos pelos meus ombros, deslizá-las até roçarem meus seios. Mas como eu iria reagir, o que iria dizer?

Como se tivesse o direito de desejar algo assim. Que você voltasse a se apaixonar por mim, uma mulher que aperta com tanta força partes tão sensíveis do corpo. Que sai pela casa dando ordens, venha cá, olhe aqui, faça isso, agradeça, o que você fez, não fale assim com sua mãe, sente direito, fique quieto, não brigue com seu irmão nem com sua irmã, olhe para mim quando estiver falando com você! Imagine se você um dia me escolheu por causa da minha doçura, por tudo que tenho em mim de ternura, de carinho, a maneira com que eu abraçava um ser humano por menor que fosse e o fazia se sentir seguro.

No sonho mais perturbador eu me encontro ora numa espécie de acampamento, ora espiando pela janela da cozinha. Está escuro, ouço umas batidas nas paredes da casa, talvez dos galhos das árvores agitados pelo vento. Sinto que estou esperando alguém, alguém vai chegar, alguém sabe onde estou. E uma sensação de resignação: Não adianta correr, quem está me procurando irá me encontrar, alguém que viu tudo e sabe de tudo. Então de repente avisto um clarão azul no horizonte, o som de sirenes se aproximando. Nesse instante entra pelo portão um carro amarelo, parecido com uma ambulância, seguido por um carro de polícia, com as janelas gradeadas, e cinco ou seis policiais e dois cães enormes saem de dentro dele. Não faço ideia de quem a ambulância veio buscar, nem porque motivo, mas nesse instante me dou conta de que fiz algo terrível, só não consigo lembrar do quê. Afasto-me da janela e sigo tateando na direção da porta, preciso abri-la, preciso mostrar a eles que quero me entregar, antes que ponham abaixo a porta e me batam com cassetetes. Onde está a vítima, é a pergunta que ouço ecoar dentro de mim. Onde e quem. O que eu fiz. Mas não sinto nenhum medo. Sinto uma espécie de calma, um alívio. Não há mais o que esconder, agora estou sob a responsabilidade de outra pessoa.

Muito interessante, diz o não-psicólogo. O sonho lhe faz uma pergunta e a pergunta é: Quem você seria se um incêndio consumisse tudo, se todos que você ama fossem levados de você?

Pausa.

O que você quer dizer com isso, pergunto. Aonde quer chegar exatamente? Num novo eu que ressurgirá das chamas, como se estivesse de olho em novas oportunidades numa nova vida, como se houvesse outros papéis para encarnar, ou quem sabe outras forças. Ou é ao meu antigo eu a quem você se refere, como se quisesse dar um passo adiante?

Pausa.

O não-psicólogo se reclina na cadeira, a borracha na ponta do lápis desaparece entre seus lábios. Chupa, mordisca, pensa. Somente você pode responder a essas perguntas, ele diz.

Pausa.

Meu antigo eu não existe mais, digo. Não existe mais, se foi. E não estou de luto, afinal era apenas uma ilusão.

Nova pausa.

Me desculpe, mas não estamos chegando em lugar nenhum com isso, eu digo e me levanto.

A história sobre nós, como era mesmo? Eu estava esperando o ônibus na chuva, fazia três semanas que não chovia, com a boca escancarada para o alto, como uma criança. Quando o ônibus chegou, encontrei um assento vago no fundo, à direita, junto à janela. Ali me sentei e afundei em mim mesma. A meu lado iam passando lojas e casas com trampolins nas piscinas, cercas-vivas, lilases floridos, guindastes diante de prédios em construção, a escola, uma lavoura de colza, três ciclistas. Quando voltei o olhar para a estrada, vi de relance nosso carro mais além, saindo de uma rotatória nessa direção, vindo de encontro a mim ali na traseira daquele ônibus, reconheci o contorno do seu torso atrás do volante, uma outra vida, e me dei conta de repente: Naquela silhueta, uma outra vida totalmente desconhecida. O que eu sabia? O que você sabia? Você não poderia, por exemplo, saber que eu estava pensando em você agora, que o vi no volante do carro, que meu maior desejo naquele instante era que você também pensasse em mim. Pense em mim, pense em mim, por favor, pense em mim.

Existe a possibilidade de mudanças. Existe eu. Existimos nós.

O que você vê, pergunto e me sento a seu lado no sofá. Você cheira a terra molhada. Na tela do celular na sua mão, um cozinheiro dinamarquês ergue as mãos na direção da câmera e exibe uma enorme rama de batatinhas, Olhe aqui! ele diz, Veja como estão frescas e deliciosas, cheias de vida! E se cavarmos um pouco mais encontraremos a batata mãe, estão vendo a diferença? As batatinhas literalmente sugaram toda a força vital dela. Se apertá-la bem de leve, assim, ela se desmancha, estão vendo? Não é simplesmente IMPRESSIONANTE como ela se desfaz inteira?

O tempo passa, cinco anos, dez milhões. Pó que paira no ar e se precipita, placas tectônicas que se movimentam, tempo que passa, tempo que acelera, oceano que se acidifica, oceano que seca, temperaturas que sobem, espécies que morrem, rocha que se rasga. Galáxias que se alongam, universo que se expande, planetas que giram, estrelas que vagam pela infinita escuridão, Sol que projeta tempestades de fogo mortais, buracos negros que absorvem o tempo e a luz, humanidade que dura cinco minutos, num centésimo de segundo me encontro entre três crianças que dormem, escuto sua respiração e um bom tempo depois me levanto do chão daquilo que ainda é uma casa, naquilo que ainda é um jardim e me detenho diante da janela, tenho tanto medo da minha voz, assisto ao outono chegar e ao inverno e à primavera e ao verão, tenho tanto medo das minhas mãos, observo você cavando e podando e plantando e regando e capinando e colhendo. Me deixe deitar junto do seu corpo novamente, me ajude a fazer o bem para eles.

Diz que não desistiu, me promete que não irá embora. Não suporto mais a dúvida, preciso saber. Por favor. Me conduz na direção da sarça ardente, partilha o peixe e o pão, esquece meus sonhos, escreve no muro ou envia anjos, opera milagres, adoça minha voz e amansa minhas mãos, faz com que o céu se abra, prova que não os estou destruindo, me dá um sinal qualquer, desde que seja evidente.

Fomos parar naquele concerto absolutamente por acaso. Assim que passamos diante da biblioteca ouvimos o som escapando pelas portas abertas, Mamãe, mamãe, mamãe, escute a música, escute! Três contra uma. Eu pego os menores pelas mãos, nós precisamos nos apressar, o show já começou. O ambiente está escuro, exceto por um cone de luz amarelada e quente no chão do palco onde estão os artistas, três homens com instrumentos de cordas e percussão, alguns metros diante deles as crianças sentadas em almofadas, devia haver ao menos umas cinquenta. Atrás delas, três ou quatro fileiras de adultos. Sentem ali, digo num sopro de voz, apontando para as almofadas na extremidade de um semicírculo de crianças, certa de que eles não fossem querer, de que os três sem exceção se agarrariam a mim e se sentariam no meu colo em algum lugar, que seria um vexame na frente dos outros, um embate entre independência e autonomia e controle, mas eles não se recusaram. Maravilhados, o olhar fixo nos artistas que cantam e tocam, se acomodam cada um em sua almofada. Eu me esgueiro discretamente pela plateia onde os pais ocupam cadeiras dobráveis, encontro um lugar vago entre duas jovens mulheres que sentam juntinhas e se alternam tentando capturar com o telefone tudo que está acontecendo no palco; agora a que não está filmando repousa a mão na coxa da outra.

Agora, todo mundo! grita o vocalista, vocês conhecem essa? Ele toca algumas notas, canta em segunda voz. Sim! gritam as crianças. Não escutaram? provoca ele. Siiiimmm! retrucam elas, as minhas inclusive, a mais velha bate palmas encantada, os irmãos quase não piscam os olhos, e sem demora todos estão cantando em uníssono. Depois disso, mais uma canção, e as duas ao meu lado não param de filmar, quem sabe eu não devesse fazer o mesmo? Será que as crianças me perguntarão depois se fiz fotos delas? Agora preciso de um ajudante! anuncia o vocalista sorrindo para a jovem plateia. Alguém pode vir aqui me ajudar? Nenhuma resposta. Ah não, então vou fazer que nem mamãe e papai e obrigar vocês a me ajudar, diz ele em tom de brincadeira. Você! ele aponta para a garota sentada bem próximo a seus pés. A menina sacode energicamente o rabo de cavalo de um lado para o outro, não, não, não. Você, então! diz apontando para um terceiro. Ou você! E que tal você? Ninguém se levanta. Ele faz menção de desistir, não deve ser tão importante assim, as crianças não precisam sempre participar de tudo, ele recua alguns passos e dedilha os primeiros acordes da próxima música no violão. Eu ajudo, diz uma voz lá no fundo. Ele para de tocar e se inclina para frente, põe a mão em concha atrás da orelha e assobia. O quê? Quem é que vai me ajudar? Eu! diz a voz novamente, parece ser a da pessoa mais miúda no auditório inteiro, mal tem um metro de altura. Vem cá então! diz o vocalista, e aquela pessoinha se levanta do chão e vai até ele. O vocalista se ajoelha. Oi! ele diz. Oi, retribui o menino num sorriso contido, primeiro dirigindo-se a ele, depois à plateia, que suspira encantada. Conhece essa? pergunta o vocalista retomando o violão enquanto cantarola. O menino assente que sim. Então pode cantar do jeito que você sabe e eu te acompanho, diz o vocalista. O menino volta a assentir com a cabeça. E então sua voz ecoa pelo ambiente, límpida e firme, sem precisar ser amplificada pelo microfone que o adulto segura diante dele, sem demonstrar nenhum traço de nervosismo ou timidez, totalmente concentrado na letra, sem se deixar afetar pela situação, uma estreia e tanto diante de centenas de olhos que a tudo assistem no escuro, Só o irmãozinho conhece essa canção que é demais. Só o irmãozinho e ninguém mais. Muito obrigado, diz o vocalista, muito obrigado, foi muito legal a sua participação. Sem você eu não teria conseguido. O menino sorri encabulado. Muito obrigado. Uma grande salva de palmas para meu destemido ajudante! As pessoas aplaudem sem parar, gritam e assobiam. O vocalista gesticula para que ele volte a se sentar e o pequeno sai caminhando para o lugar de onde veio. Um ser completo e independente. Um menino capaz de se levantar sozinho de onde estava e subir num palco para cantar, um garoto que vive sua própria vida, uma vida singular. Minhas palavras e minhas mãos não são as únicas coisas que o moldam. Ele tem uma vida própria, ele é livre. Eles são livres. É seu filho, sussurra a mulher ao meu lado. Eu balanço a cabeça e confirmo. Fantástico! diz o vocalista. Eu balanço a cabeça. Sim. É fantástico.

Exemplares impressos em offset sobre papel cartão LD 250 g/m² e Pólen Soft LD 80 g/m² da Suzano Papel e Celulose para a Editora Rua do Sabão.